Sarah und Pete
zwischen Liebe und Hoffnung

geschrieben von

Sue

Kapitel 1

Es war Ende Juli in Berlin und der Sommer zeigte sich von seiner schönsten Seite. Genüsslich trank Sarah an diesem Nachmittag einen Eiskaffee auf dem Balkon und schaute, in Erinnerungen schwelgend, auf die gegenüberliegenden Häuserdächer.

In einem legeren weißen Sommerkleid und mit locker hochgestecktem Haar, lag sie auf der Liege und genoss die leichte Brise, welche ab und an etwas Abkühlung verschaffte.

Als Sarah vor vier Jahren von Frankfurt am Main, damals war sie 22, hierher zu einer Freundin zog, waren ihre Eltern nicht sonderlich begeistert von ihrem Vorhaben. Um es besser auszudrücken, wäre Sarah noch nicht volljährig gewesen, dann hätten sie ihr den Umzug sicherlich verboten.

Vater und Mutter Park waren sich einer Meinung und hielten ihre Tochter für eine kleine Träumerin, die an manchen Tagen fernab der Realität zu leben schien und auf tagtägliche Wunder hoffte.

Sarah´s Mutter ermahnte sie, bloß nicht in größerer Geldnot wieder im Elternhaus angekrochen zu kommen. Sie sei alt genug und musste selbst mit eventuellen Konsequenzen zurecht kommen, sollte ihr erspartes Geld aufgebraucht und sie, Sarah, noch nicht angesehen genug geworden sein. Ihre Eltern waren nicht sonderlich streng, jedoch anders als sie eingestellt. Es musste Geld verdient werden, um monatliche Kosten bezahlen zu können, selbst wenn einem der eigene Beruf nicht der Wunschvorstellung glich.

Sarah war gelernte Bankkauffrau und befand diesen Beruf als genauso trist wie jenen der Eltern. Ihr Vater war Elektriker und ihre Mutter arbeitete als Sekretärin in einer Anwaltskanzlei. Saßen die drei abends gemeinsam am Esstisch, beobachtete Sarah ihre Eltern und lauschte ihren Erzählungen über ihren Arbeitsalltag. Sarah fand es einfach nur eintönig. Langweilig eben. Fiel die Frage nach dem Tag auf sie, erzählte sie ihren Eltern voller Elan von einer neuen Idee zu einem Bild, welche ihr über den Tag gekommen war.

"Eigentlich wollte ich wissen, wie es in der Bank war.", entgegnete dann ihr Vater auffordernd.

"Naja, was soll ich sagen...", begann sie mit monotoner Stimme und blickte im Wechsel erst zu ihrem Vater, dann zu ihrer Mutter. "Acht Stunden reiner Kreativitätsverlust."

Während Sarah in sich hineingrinste, schauten ihre Eltern mürrisch drein, denn sie mochten den ab und an aufkommenden schwarzen Humor in dieser

Hinsicht nicht so sehr. Jedoch waren sie schon daran gewöhnt und ließen es einfach über sich ergehen. Auch wenn Sarah mit ihrem Wunsch als Künstlerin Erfolg zu haben ziemlich alleine da stand, zumindest aus Seiten der Familie, ließ sie diesen keinen einzigen Tag aus den Augen.

So sehr sie ihre Eltern liebte und genau wusste, dass sie stets nur das Beste für sie wollten, kam schließlich der Tag der Tage, an dem sie selbstbewusst ihre Koffer nahm, um in den Zug zu steigen der sie in ihr neues Leben fahren würde.

Nun saß sie hier, seit einem Jahr in ihrer eigenen Wohnung und hatte es sich verdient, wirklich stolz auf sich sein zu können. Ihre ersten zweieinhalb Jahre in der Hauptstadt waren sehr turbulent und mit einigen *Hochs* und *Tiefs* verbunden.

Nachdem ihre Geldreserven allmählich zur Neige gingen, mit denen sie Miete und sämtliche Malutensilien bezahlte, begann sie in einem italienischen Restaurant im Sony Center zu kellnern. Sicher gab es viele Tage, an denen Sarah zu zweifeln begann, doch sie wusste, sie würde nicht aufgeben. Nicht weil sie es ausschließlich ihren Eltern beweisen wollte, auf eigenen Beinen stehen zu können. Nein. Sarah wollte es sich selbst beweisen. Irgendwann, wie sie hoffte in nicht allzu ferner Zukunft, würde sie ihre eigene Vernissage bekommen.

Ebenso ihre Freundin Leila, bei der sie zu Beginn ihres Neustartes wohnte, sprach ihr stets neuen Mut zu. Sie selbst war eine angesehene Galeristin, weshalb sich die zwei auch so gut verstanden, und kämpfte einige Jahre hier. Heute besitzt sie eine eigene kleine Galerie, die sie ganz nach ihren eigenen Vorstellungen betreiben kann.

Leila sagte Sarah mehr als einmal: "Verliere nie deinen Traum aus den Augen, sondern kämpfe stetig darum, diesen zu verwirklichen. Einen Schritt hast du schließlich schon getan. Du bist hier."

Leila war für Sarah - sie wurde als Einzelkind geboren - wie eine Schwester die sie nie hatte. Leila war zu ihrer Seelenverwandten geworden und dies auf vielerlei Ebenen.

Sarah lernte sie bei einem Berlintrip kennen und natürlich auf einer von ihr ausgerichteten Vernissage, die wunderbare Werke der PopArt präsentierte. Es war ein toller Abend und all jene Eindrücke und Ereignisse prägten Sarah und bestärkten sie vor allem noch mehr in ihrem eigenen Vorhaben.

Nie wird Sarah den Namen Richard Walter vergessen. Ein älterer Mann, der ihr den Umzug in die eigenen vier Wände ermöglichte und vor allem genug freie Zeit verschaffte, so dass sie sich voll und ganz ihren kreativen Phasen widmen konnte.

"Zeit des Nachdenkens" betitelte sie ihr Ölgemälde, welches Sarah selbst als schlicht befand. Leila bot ihr an, es separat in der Galerie aufzuhängen, um Reaktionen einzelner Besucher darauf zu sehen. Herr Walter kam eines Tages dorthin und war nicht nur davon fasziniert, sondern ebenso gerührt.

Auf dem Bild war eine Frau mittleren Alters zu sehen. Sie lehnte seitlich an der Wand und schaute aus dem offenen Fenster, welches mit einem weißen Rahmen verkleidet war. Die Dame hatte blondes Haar, welches mit einer silbernen Brosche sanft nach oben gesteckt wurde. Sie trug ein weißes Kleid und es schien durch den Wind leicht nach hinten zu schwingen. Ihre Mimik vermischte sich mit Freude und Traurigkeit. Ihre dunklen Augen und die vollen, leicht geöffneten Lippen, stellten sie so dar, als würde sie in dieser für sich freien Minute darüber nachdenken, ob sie in ihrem Leben alles richtig gemacht hatte.

Ihre rechte Hand lag auf dem Fenstersims und der Daumen berührte die Innenseiten der vier Finger, um einen Ring an ihrem Ringfinger zu ertasten.

Herr Walter machte mit Leila einen Termin aus, zu dem Sarah erscheinen sollte. Seine Geschichte rührte sie, als er diese offenlegte, nachdem beide beschlossen hatten, gemeinsam in ein kleines Cafè zu gehen.

Seine Frau starb mit Ende vierzig an Krebs. Vor ihrem Tod, Monate ehe sie erfahren hatte, dass sie an der Krankheit litt, standen Herr Walter und seine Frau kurz vor der Scheidung. Zu viele gegensätzliche Ansichten hatten das Eheleben Woche um Woche erschwert.

Nach einem großen Streit der beiden, brach sie plötzlich zusammen und jene Diagnose wurde gestellt. Es gab keinerlei Möglichkeiten zur Heilung und der Arzt riet, die verbleibende Zeit mit verordneten Medikamenten, die ausschließlich zur Linderung der Schmerzen dienten, in vertrauter Umgebung zu verbringen. Herr Walter holte sie daraufhin nach einigen Tagen vom Krankenhaus nach Hause und am Morgen nach der ersten Nacht, stand sie fast genau so am Fenster, wie auf Sarah´s Portrait. Als würde sie darüber nachdenken, ob sie ihr Leben gelebt hatte, wie sie es immer wollte. Selbst das Gesicht sah seiner Frau ähnlich. Als hätte Sarah seine Frau schon einmal gesehen.

Nach diesem Tag hatten Herr und Frau Walter ein langes und intensives Gespräch geführt und verbrachten danach noch vier wundervolle Monate miteinander, bis er sie schließlich mit Wehmut wieder der Erde übergeben musste.

Einige Male lief Sarah ein kalter Schauer über den Rücken und noch angespannter wurde sie, als der gutbetuchte Mann ihr ein Angebot unterbreitete. Da ihm das Bild eine emotionale Verbindung zu seiner Frau zu geben schien, es danach für beide in der Ehe wieder bergauf ging, bot er ihr 50.000 Euro dafür. Sarah kippte fast vom Stuhl, als sie diese Summe hörte und ihre Atmung hatte nach ihrem Glauben auch kurz ausgesetzt. Sie sagte, dass dies viel zu viel sei, doch Herr Walter sagte, dies wäre es ihm wert und weniger würde er nicht zahlen.
Diese Begegnung war ein wahrhaftiges Wunder gewesen und vor allem war es mit sehr viel Tiefe versehen.
Einige Monate später gab es eine weitere Begegnung mit einem Mann. Dieser jedoch war eher in ihrer Altersklasse und teilte sich seit nun seit fast einem Monat die Wohnung mit ihr in der Gabriele-Tergit-Promenade nahe des Sony Centers.

Kapitel 2

Bruno Mars´ *Uptown Funk* ertönte in voller Lautstärke das Tanzstudio. Mike, der Tanzlehrer der Truppe, zählte wieder und wieder die Schrittfolgen mit *"one and two and three and four"* auf. Die Choreographie wurde nun das siebte mal wiederholt und die Tänzer beobachteten detailliert ihre Bewegungen in den großen aneinandergereihten Spiegeln. Mike schaute intensiv zu, um auch die kleinsten Fehler zu sehen und diese demnach schnellstmöglich zu korrigieren.

Sein größtes Augenmerk lag auf seinem Schüler, der ebenfalls ein guter Freund geworden war, Pete. Mit ihm hatte er großes vor und auch Pete strebte es an professioneller Tänzer zu werden. Würde er sich in den nächsten Monaten mit aller Einsatzbereitschaft hineinhängen, dann war sich Mike sicher darin, dass seinem Schützling nichts im Wege stehen würde.

Pete war 28 Jahre alt und wuchs in Berlin auf. Seine Eltern waren gebürtige Amerikaner, was den Nachnamen *Stone* erklärte, doch sie wanderten aus berüflichen Gründen des Vaters, nach Deutschland aus, als er keine zwei Jahre alt war.

Pete liebte es von Kindheitstagen an zu tanzen, was auch sämtliche Homevideos verrieten und da seine Eltern das Potenzial in ihm sahen und ebenfalls, welche Freude es ihrem Sohn bereitete, schickten sie in frühzeitig in die Tanzschule.

Um trotz des vielen Trainings finanziell auf einem grünen Zweig zu bleiben, unterrichtete er drei- bis viermal pro Woche die kleinen Kids und es brachte ihm sehr viel Vergnügen. Auch seine Freundin Sarah schaute gelegentlich gerne beim Unterricht und Training einmal zu.

Zum allerersten Mal sah er sie im Oktober des letzten Jahres. Es war ein sonniger Tag in der Mitte des Monats und Mike beschloss spontan, dass seine Jungs auf dem Platz vor dem Brandenburger Tor tanzen sollten. Solche Gelegenheiten waren auch gut dafür, neue Schüler für die Tanzschule zu gewinnen. Gerade als sie sich ihren eigenen Platz dort reservierten, den Player aufstellten und Mike mit ihnen den Ablauf besprechen wollte, sah Pete sie auch schon.

Sarah und ihre Freundin waren noch einige Meter weg, doch schon aus dieser Ferne konnte man ihr freudiges Lachen hören. Ihre langen, braunen Haare wehten im leichten Wind und ihre schmale Figur wirkte beim Gehen graziös. Sie trug eine dunkelblaue, enganliegende Jeans und schwarze Stiefelletten. Um ihre Schultern lag ein legerer schwarz-weiß gemusterter Poncho und darunter ein schlichtes reinweißes Shirt. Die zwei schienen voller guter Laune zu sein, dass sie prompt nahe der Tänzer stehen blieben und auf den Auftritt zu warten schienen.

Nachdem Pete nun ihr wunderschönes Gesicht sehen konnte, war er wie verzaubert. Es war leicht markant, besaß jedoch trotzdem etwas sehr weiches. Ihre Augen leuchteten und was ihm vor allem gefiel war, dass sie nicht, wie in der heutigen Zeit viel zu oft der Fall war, zu übermäßig geschminkt war. Sie wirkte so natürlich und in seinen Augen war sie eine bildhübsche Frau.

Pete konnte seinen Blick kaum noch von ihr abwenden, hoffte, dass sie den Seinen vielleicht sogar erwidern würde.

Sarah und ihre Freundin, die sich für ihn noch als Leila herausstellen würde, gingen noch ein Stück und setzten sich auf eine der gegenüberliegenden Bänke. Jede von ihnen hielt einen Coffee-To-Go in der Hand und ebenfalls machte es den Anschein, sie würden über die Tanzgruppe tuscheln.

Pete bekam einen etwas unsanften Hieb mit Tom´s Faust auf seine Schulter.

"Hey Alter, wir sollen anfangen.", forderte er ihn mürrisch auf. Tom war nicht wirklich ein Freund von Pete. Im Gegenteil, er hasste seine aufbrausende und arrogante Art. Vor allem aber auch seine nicht zu enden scheinende Drogenabhängigkeit. Auch in diesem Moment glänzten seine Augen in einem intensiven, rötlichen Ton. Oft dachte Pete, dass Tom´s Sucht ihn nur so beherrschte, weil er mit seinem eigenen Leben unzufrieden war.

Pete wusste nicht allzu viel über ihn. Lediglich, dass er reiche Eltern hatte, seine Mutter schon vor einigen Jahren die Familie verließ und er seitdem wohl auch keinen weiteren Kontakt zu seinem Vater hielt. Ob sich dahinter ein tieferer Grund verbarg wusste keiner so genau. Im Grunde genommen war Tom ein Einzelgänger, der sich kleidete wie ein HipHop-Gangster. Er hielt sich für etwas besseres, war stets obenauf, doch im Tanzen war er eigentlich eher durchschnittlich. Jedoch hatte er nur dieses und anstatt auf nette Weise Hilfe darin zu suchen, machte er sich Tag für Tag bei seinen Kameraden unbeliebter. Mike geriet schon so einige Male mit ihm aneinander, ermahnte ihn, sich zurück zu halten. Doch da die monatliche Gebühr stets bezahlt wurde und Tom die

Schule mit seinem Verhalten noch nie vollends bloßgestellt hatte, warf ihn Mike weiterhin nicht aus der Crew. Seine weitere Zugehörigkeit wackelte jedoch schon.

Ein fast 15-minütiger Musikmix, aus den bekanntesten BlackMusicSongs begann zu spielen.
Die Tänzer stellten sich auf Position und starteten mit den ersten Schrittfolgen der Choreo.
Der Platz füllte sich nach und nach mit Zuschauern und es gab tosenden Beifall.
Während die etwas älteren Leute interessiert zuschauten, waren gerade die jungen Kids so fasziniert, dass sie begonnen hatten, auf der Stelle zu hüpfen und wild mit den Armen in alle Richtungen zu zappeln.
Auch Mike, der seinen Schülern von der Seite aus zuschaute, lief nach knapp der Hälfte der Vorstellung in deren Mitte und begann einige *Spins* vorzuführen.
Pete und die anderen jubelten und feuerten ihren Trainer an, der sich fast eine ganze Minute auf dem Kopf drehte und verschiedenste Moves ausführte.
Auch Sarah schien nun allmählich Pete´s Interesse an ihrer Person zu registrieren. Selbst als zig junge und hübsche Frauen die Männer fast anschmachteten, was

diese definitiv genossen, schien sie zu bemerken, dass sein Blick stets wieder zu ihr wanderte.

Zum Ende der Vorstellung marschierten wie üblich Mike und Pete mit umgedrehten Schildkappen durch die Zuschauerreihen, um etwas Kleingeld zu ergattern. Mike machte mit unter etwas Werbung für seine Tanzschule und verteilte kleine Visitenkarten. Pete sah wie die zwei Freundinnen sich von der Bank erhoben und glaubte schon, dass es das just gewesen sei, doch zu seinem Glück kam Sarah direkt auf ihn zu. Sie zückte einen 5-Euro-Schein und und gab ihm diesen direkt in die Hand.

"Wirklich eine sehr gute Vorstellung.", sagte sie lobend, zwinkerte ihm keck zu und lächelte sanft. Mike sah die zwei und drückte ihnen dankend ein Kärtchen in die Hand, bis sie schließlich davongingen. Mike stieß Pete neckisch in die Seite und grinste.

Pete konnte nicht genau beschreiben was genau in ihm vorging, doch was er wusste war, dass er diese Frau unbedingt wiedersehen musste.

Kapitel 3

Rückblende

Es war der Jahreswechsel zwischen 2014 zu 2015 und Sarah, Leila und zwei weitere Freundinnen brachen gegen halb zehn zum E4 Club in der Eichhornstraße auf. Sarah war zum ersten Mal in dem drei-Etagen-Ambiente, den Leila ihr wieder und wieder wärmstens empfohlen hatte. Im zweiten Stock des Glasfassadengebäudes standen weiße Sofas und einzelne Hocker um einen runden Tisch mit Glasplatte. Auf jeder Etage der offenstehenden Stockwerke waren einige Sitzmöglichkeiten mit einem roten Seil etwas abgetrennt, da man auch sogenannte VIP-Plätze reservieren konnte. Eine sehr groß wirkende, metallene Wendeltreppe in der Mitte führte nochmals nach oben und ebenso nach unten. Im untersten Bereich, in welchen sich die Ladies begaben, gab es schwarze Ledermobilare, mit ebenfalls separaten Bereichen. An der Bar standen um einen kleinen, dunkelbraunen und rechteckigen Tisch, weiße Hocker mit Lehne. Hier war zentral eine große Tanzfläche mit zwei Podesten an den Seiten, für jene die zu späterer Stunde etwas mehr Aufmerksamkeit auf sich ziehen wollten.

Die vier Frauen konnten einen Platz nahe der Lautsprecher ergattern und machten es sich dort zu Beginn erst einmal gemütlich. Nacheinander wurden Getränke von der Bar geholt, um ihre Sitzgelegenheit nicht zu verlieren.

"Mädels, lasst uns ein letztes Mal auf dieses Jahr anstoßen.", schrie Leila fast, da der Bass ihre Stimme ziemlich untergehen ließ.

"Auf 2014!", riefen Sarah, Julia und Maja daraufhin fast im Chor und die Cocktailgläser klirrten aneinander.

"Und ich möchte mich ganz besonders bei dir bedanken, Leila.", begann Sarah aufrichtig. "Danke dafür, dass du jenes Bild in deiner Galerie aufgehangen hast."

"Ich habe eben an dich geglaubt.", lachte sie freudig und war voller Überzeugung. "Ich korrigiere mich. Ich glaube auch weiterhin fest an dich."

Leila presste mit vollem Einsatz ihre Lippen auf Sarah´s Wange.

"So. Da das mit dem Klatsch und Tratsch nicht wirklich bei dieser Lautstärke funktionieren wird, ein letztes, allerletztes Wort." Maja erhob ein weiteres Mal das Glas und die anderen taten es ihr gleich.

"Lasst uns die letzten Stunden des alten Jahres genießen und freudig denen des Neuen entgegen gehen!"
Freudig lachend wurde nochmals angestoßen und kurz darauf verabschiedeten sich Maja und Julia auch schon, die sich von einer Modelagentur kannten, auf die Tanzfläche.

Der Club hatte sich in der letzten halben Stunde sehr gut gefüllt. Auf der Wendeltreppe herrschte ein reges auf und ab gehen. Die Tanzfläche war fast komplett besetzt und auch auf den Nebenflächen wurden motiviert die Hüften geschwungen.
Julia und Maja hatten gemeinsam eines der Podeste in Beschlag genommen und shakerten mit einer Gruppe von Männern, welche ihnen verfallen war. Leila hatte sich und Sarah noch einen Mojito an der Bar geholt und auf der Couch zu David Guetta mitwippend, beobachteten beide das wilde Treiben im Club.
Sarah schweifte mit ihren Augen von rechts nach links und wieder zurück. Etwas später sah sie zur Treppe, auf der ihr Blick unwillkürlich verharrte.
"Ist das nicht ein Teil dieser Tanzschulgruppe?", wollte Leila wissen, da sie Sarah´s Blick dorthin bemerkt hatte.

"Ich glaube schon.", mutmaßte sie und unbemerkt zauberte sich ein Lächeln auf ihr Gesicht.

"Freut sich da jemand einen gewissen Mann wiederzusehen?", neckte Leila sie. "Soll ich ihn herholen?"

"Was? Quatsch, wag dich bloß nicht." Sarah schlug ihr frech mit dem Handrücken gegen den Oberarm. "Der erinnert sich doch eh nicht mehr an mich."

"Also interessiert er dich doch...?!" Sie fuhr durch ihr kurzes, blondes Haar.

"Das habe ich damit nicht sagen wollen." Sarah wirkte etwas verlegen. Es war nicht so, dass er ihr, seitdem sie ihn vor zweiinhalb Monaten zum ersten Mal gesehen hatte, nicht mehr aus dem Kopf gegangen war. Jedoch dachte sie ab und an darüber nach was gewesen wäre, ihm sozusagen vor der Tanzschule, von der sie ja das Kärtchen bekommen hatten, aus reinem Zufall zu begegnen. Doch irgendwie befand sie es als kindisch, denn er lächelte sicher so einige Male Personen des weiblichen Puplikums auf netteste Weise an.

Eigentlich war er auch gar nicht so richtig ihr Typ gewesen. Sie mochte große Männer, mit dunklem und kurzem Haar. Er war vielleicht einen halben Kopf größer und hatte dunkelblondes Haar, welches sehr dem bekannten Haarschnitt von James Dean nahe kam.

Zumindest erschien er nicht als eine Art Möchtegern-HipHopper. Er trug keine dieser Baggy Pants, die Sarah wirklich scheußlich fand. Er trug eine leicht ausgewaschene, dunkle Jeans, die nicht zu eng und nicht zu weit saß. Ein schlichtes weißes T-Shirt mit einem grauen Billabong-Logo und etwas auffallendere schwarz-weiße Turnschuhe.

Sein Lächeln schien beinahe etwas bubenhaft und auch im Gesamtbild wirkte er jünger als er sicherlich war. Jedoch besaßen seine Augen etwas so treues und liebevolles. Fast, als könne er keiner Fliege etwas zu leide tun.

"Schon mal daran gedacht, dass es Schicksal sein könnte?" rief ihr Leila fragend ins Ohr und Sarah erschrak, da sie vollkommen in Gedanken gewesen war.

"Ach, nun hör schon auf. Das ist reiner Zufall. Mehr nicht.", gab Sarah schmollend zurück. "Ich gehe mal rasch auf die Toilette.", fügte sie hinzu und stand auf. "Ja, mach dich ruhig nochmal hübsch für ihn." Leila kicherte herzhaft.

Sarah drehte sich nochmals zu ihrer Freundin um, streckte ihr die Zunge heraus und ging.

Leider musste sie sich eingestehen, dass Leila recht hatte. Sarah wollte wirklich nur im Spiegel schauen, ob ihr, wenn auch dezentes Make Up, gut aussah und ihre Frisur noch richtig saß.

Sie hatte sich heute für eine legere, doch edel aussehende Hochsteckfrisur entschieden. Die langen, silbernen Ohrringe gaben einen guten Farbtupfer zu ihrem schwarzen und strassbesetzten, knielangen Kleid.

Warum bloß machte es sie nur so nervös, dass er hier war?

Es war eine halbe Stunde vor Mitternacht. Sarah beschloss auf dem Rückweg noch zwei weitere Mojitos zu holen, bevor es zum Sekt kam, welchen Julia kurz vor zwölf zum Tisch bringen lassen würde. Sarah hatte das Gefühl, sich etwas Mut antrinken zu müssen.

Kapitel 4

Pete und sein Kumpel Joey hatten sich dazu bereit erklärt, sich um die Getränke zu kümmern, während Mike mit den drei weiteren die reservierten Plätze nahe der Tanzfläche belagerte. Die Crew war fast schon wie eine zweite Familie für Pete geworden. "Findest du nicht auch, dass es viel harmonischer bei uns geworden ist, seit Tom weggesperrt worden ist?", fragte Joey, während sie anstanden. Es schien noch eine Weile zu dauern, ehe sie an der Reihe waren. Viele waren schon dabei, sich eine Flasche Sekt zu sichern, die dort heute zum halben Preis angeboten wurde.

"Harmonischer schon, ja...", antwortete er kanpp, ohne den Satz zu beenden.

"Aber..? Du willst mir doch nicht sagen, dass du wegen dem Kerl ein schlechtes Gewissen hast?", wollte er auffordernd wissen.

"Nicht direkt. Doch er wird sich dafür revangieren, glaub mir.", gab er leicht trübsinnig zurück.

"Das soll er mal versuchen. Bro, du hast genau das richtige getan, damit zu Mike zu gehen. Stell dir mal vor, er hätte deinen Knirpsen das Zeug irgendwann einmal als Ahoi Brause angedreht."

Joey klang wütend bei der Vorstellung daran und Pete zog nichts wissend die Schultern nach oben.

"Pete, wir halten alle zusammen und vor allem stehen wir hinter dir." Er klopfte seinem Freund zusichernd auf den Rücken.

Anfang Dezember, als Pete gerade selbst unterrichtete, schaute er aus dem Fenster auf den Hof und sah Tom, wie er an Teenager sein Zeug verkaufte. Leise öffnete er dieses, um mehr zu hören und um zu sehen, ob es wahrhaftig um diese Angelegenheit ging.

Jungs, das ist echt gar nichts schlimmes...
Ihr werdet besser tanzen als je zuvor...
Ich mache euch ein super Angebot...

Mit jenen Sprüchen wollte er sie tatsächlich dazu verführen, die Drogen zu kaufen und am besten schleunigst zu nehmen. Pete schrie instinktiv nach unten, dass Tom sofort verschwinden solle und verbot den Teenies, auch nur das Geringste von ihm zu nehmen.

Kurzerhand stand Tom wutentbrannt im kleinen Tanzstudio, rannte auf Pete zu und stieß ihn gegen einen der Spiegel. Seine Schüler bekamen es mit der Angst zu tun und verflüchtigten sich in die hinterste Ecke.

"Wenn du auch nur das kleinste Wort darüber verlierst,...", drohte Tom ihm mit geballter Faust. "Hör auf!", flehten einige der Kinder Tom an, der unbeeindruckt davon blieb. "Was ist dann? Du tickst doch wohl nicht mehr ganz sauber.", schrie Pete und schaute Tom mit scharfem Blick an.

Am Ende ging Pete in einer ruhigen Minute zu Mike und berichtete ihm von dem Vorfall. Zu viel Angst hatte er um sämtliche Schüler. Mike sagte Pete daraufhin nichts davon, dass er letzten Endes die Polizei gerufen hatte. Diese kam an einem Tag des Trainings hineingestürmt und nahm Tom vor versammelter Mannschaft fest. Bis heute hatte man nichts mehr von ihm gehört und keiner wusste, ob er noch im Gefängnis saß oder nicht. Ob die Polizei genug Beweise gefunden hatte, um Tom festhalten zu können.

Pete beschlich jedoch leichte Panik darüber, dass Tom deshalb mit großer Sicherheit noch nicht mit ihm fertig war. Schließlich war eindeutig, dass er derjenige war, der Tom verpfiffen hatte. Ob nun an Mike oder die Polizei.

"Sechs Corona, bitte.", orderte Pete, nachdem sie endlich an der Reihe waren.

"Und eine Flasche Sekt, plus sechs Becher.", fügte Joey der Bestellung hinzu. Er nickte zu Pete. "Sicher ist sicher."

"Na, hast du schon jemanden für deinen Neujahreskuss auserwählt? Ich habe dich schon eine Zeit lang beobachtet.", hörte man einen Mann vier Personen weiter eine junge Frau fragen.

Pete und Joey grinsten einander an.

"So eine Anmache kann eigentlich nur aus einem schlechten Film sein.", sagte Pete und auch der Barkeeper nickte zustimmend.

Sie schenkte dem Herrn keinerlei Beachtung, was ihn jedoch umso aufdringlicher werden ließ.

"Na komm, zier dich doch nicht so vor mir. Es muss ja nicht zu intensiv werden. Außer natürlich du willst das." Er war verschwitzt und lallte vor Angetrunkenheit. Die junge Frau im schwarzen Kleid atmete tief durch und hoffte baldigst auf die bestellten Drinks. Was sie nicht bemerkte war, dass sie mit diesem abartigen Typen sehr viel Aufmerksamkeit der anderen auf sich gezogen hatte. Aber keiner von jenen meinte sich zur Hilfe anzubieten.

Es dauerte nicht mehr lange und das Jahr würde dem Ende zu gehen. Alle wollten in wenigen Minuten bei ihren Freunden sein und von zehn ab herunterzählen.

"Also...Ja oder nein?" Er tatschte ihr an den Hintern und kam nun eindeutig zu nahe.

"Verpiss dich jetzt, du Vollpfosten!", schrie sie wütend, schlug seinen Arm von ihrer Hüfte und hatte just wohl auch alle übrigen Blicke der an der Bar stehenden Leute auf sich und den Unbekannten gezogen.

Pete traute seinen Augen im ersten Moment nicht und dachte dann nicht mehr weiter nach.

Er drückte Joey seine Geldbörse in die Hand und lief dann schleunigst auf sie zu.

"Hey Kumpel, ich denke das reicht jetzt. Verschwinde hier.", riet er drohend.

"Was wenn nicht, *Kumpel*?! Sie scheint doch Freiwild zu sein?"

Sarah war ganz schön angewidert und schnaufte bei dieser Bezeichnung über ihre Person. Erst nach einem weiteren Hinsehen wurde ihr bewusst, wer sich da gerade für sie einsetzte. Ebenfalls zeigte sich, dass er doch eine ziemlich böswirkende Mimik an den Tag legen konnte.

"Pass lieber auf, welche Wörter du in den Mund nimmst." Pete wurde wütend.

"Sonst was?", fragte er voller Arroganz.

Nun jedoch, schaltete sich der Barkeeper auch mit ein, der gerade die zwei Mojitos auf der Theke abstellte. Beiläufig legte Sarah ihm das Geld auf den Tresen.

"Hey, keinen Ärger hier, klar. Und du, Freundchen...", er richtete sich an den Anzugsträger. "Entweder du gehst freiwillig oder unter Begleitung. Sowas brauchen wir hier nicht.", befahl er. Zwei Türsteher kamen schon näher.

Der Mann drehte sich um, rempelte Pete im Vorbeigehen an und zog absichtlich die Drinks mit seinem Arm mit. Während Pete nichts abbekam, ergoss sich fast ein ganzes Glas über Sarah´s Beine und etwas lief ihr in einen High Heel.

"Shit!" Sie sprang wie ein angestochenes Huhn nach hinten, doch dafür war es wohl zu spät.

Die Securitys nahmen den Übeltäter sofort mit und Pete blickte nun zu dem ihm bekannten schönen Gesicht.

"Alles okay?", fragte er und versuchte ein leichtes Grinsen zu unterdrücken.

Sarah war die ganze Situation so peinlich, dass sie sich bei ihm zur Toilette entschuldigte. Ihm Spiegel sah sie erst einmal wie rot sie eigentlich geworden war und hatte inständig gehofft, dass man dies draußen nicht so sehr gesehen hatte wie hier.

"Sarah, Süße. Alles in Ordnung?" Leila kam zur Schwingtür herein und sah sie am Waschbecken stehen, wo sie sich die Beine abwusch und trocknete.

"Ja.", bestätigte sie eingeschnappt.

"War das nicht der Kerl?"

"Ja.", stimmte sie wieder knapp zu.

"Warum so miesepetrig? Er hat dich gerettet.", grinste Leila und zog sich nebenbei den Lippenstift nach.

"Das war doch eine totale Blamage und nicht einmal bedankt habe ich mich bei ihm."

Sarah zerknüllte das Papier und warf es in den Eimer.

"Dich bedanken kannst du dich im neuen Jahr noch oft genug. Auf jeden Fall hat er dir noch ganz sehnsüchtig nachgesehen, doch sie sind mit den Getränken erstmal zu ihrem Tisch gegangen. Auf unserem verteilt Maja auch schon den Sekt auf die Gläser oder besser gesagt Plastebecher."

"Sollte ich mich nicht erst einmal bedanken?", fragte sie wehmütig.

"Ich sagte ihm bereits, dass ihr euch nächstes Jahr seht." Kichernd nahm Leila Sarah an der Hand und zog sie mit sich heraus.

Das Herunterzählen des Countdowns hatte begonnen und der DJ rief Punkt Mitternacht allen ein *Frohes neues Jahr* zu, was im Chor von den Besuchern erwidert wurde.

"Und jetzt geht die Party erst richtig looooos!", fügte er langgezogen hinzu und spielte Kenny Loggins´ - Footloose an.

Die Tanzfläche wurde gestürmt und Mike und seine Leute bekamen fast schon Platz gemacht, als sie ebenfalls darauf kamen. Sie schienen nicht unbekannt bei einigen zu sein. Es schien wie eine privat abgesprochene Vorstellung.

Sarah hatte sich auch wieder gefangen und die vier Mädels wollten nun nicht mehr auf der Couch kleben. Wer konnte auch schon bei diesem Klassiker still sitzen bleiben.

Die Mädels standen im Kreis am Anfang der Tanzfläche und Sarah mit dem Rücken zu dieser. Beim wiederholten Male des Refrains nahm jemand ihre rechte Hand und zog sie nach hinten zu sich. Kaum vollkommen überrascht vor Pete gestanden, drehte er sie erst nach rechts auf die Fläche aus und wechselte daraufhin die Seite. Nachdem er sie zu sich gezogen hatte und beide wieder in der Ausgangsposition standen, lösten sich ihre Hände wieder voneinander. Ausgelassen tanzten sie gemeinsam bis zum Ende des Liedes. Nach nur wenigen Sekunden miteinander fühlte sich alles so vertraut an. Keiner musste sich in irgendeiner Weise verstellen, um dem anderen zu gefallen. Zwischen ihnen hatte auf Anhieb alles gepasst.

Pete nahm sie nach der spontanen Tanzeinlage wieder an der Hand, was Sarah zugegeben sehr gefiel, und führte sie zu einem der Tische mit den Stühlen. Er bat sie, sich zu setzen und auf ihn zu warten.

Sarah schaute derweil zu ihren Mädels, die nun Männeranhang bekommen hatten und ein kurzer Blickkontakt mit Leila, ließ Sarah sehen, dass sie ihr eine DRÜCK DIR DIE DAUMEN Gestik zeigte. Sie lächelte und schaute dann zu Pete´s Jungs, die sich ebenfalls wieter auf der Tanzfläche vergnügten, mit allerlei weiblichen Fans. Sarah beschlich kurz die Angst, das Symbol einer Wette zu sein, doch warf diese gleich wieder über Bord.

Pete kam zu ihr zurück und stellte einen Mojito vor sie auf die Tischplatte. Für sich selbst hatte er ein Bier geholt.

"Ich dachte, du hättest ihn vielleicht gerne noch einmal zum Trinken.", lächelte er sanft und setzte sich ebenfalls.

"Dankeschön und vor allem auch für vorhin.", bedankte sie sich gleich zu Beginn, ehe sie es wieder vergessen würde.

"Das habe ich sehr gerne gemacht. Ich heiße übrigens Pete. Du kennst mich vielleicht noch von unserem Auftritt am Brandenburger Tor." Es war eher eine Aussage von ihm als eine Frage. Pete sah es in ihrem Blick, dass er ihr nicht unbekannt war.

"Ja, ich kann mich gut erinnern.", gab sie ohne Umschweife zu. "Und ich heiße Sarah."

Ihr Lächeln zeigte auf Anhieb reges Interesse an seiner Person und dies beruhte auf Gegenseitigkeit.

"Frohes neues Jahr, Sarah."

"Frohes neues Jahr, Pete."

Glas und Flasche wurden zu einem Prost aneinander gestoßen und die Nacht wurde immer besser. Einige Zeit unterhielten sich die zwei noch und gingen dann gemeinsam zu Leila, Julia und Maja. Diese widerum wurden von Pete mit in den VIP-Bereich zu seinen Kumpels eingeladen.

Bis fünf Uhr am Morgen wurde gelacht, getanzt und noch so einiges getrunken. Mehrere Male legte Pete seine Hand auf Sarah´s Oberschenkel oder seinen Arm um ihre Schulter. Da sie ihn nicht abwehrte, schloss er daraufhin das Fazit, dass er damit nicht zu aufdringlich gewesen war. Denn das wollte er auch nicht sein.

Alle zusammen verließen sie in großem Gelächter den Club und stiegen weitgehend getrennt voneinander in die wartenden Taxen.

Pete und Sarah verabschiedeten sich mit flüchtigen Wangenküssen und verabredeten sich noch für den selben Abend beim Australier.

Kapitel 5

Der Morgen nach der Party erwies sich als sehr migränenreich. Es war ungefähr halb zwei als Sarah aufwachte und sich die Decke über den Kopf zog, weil ihr die Helligkeit einfach noch zu viel war. Nach einer halben Stunde unruhigen Dösens, beschloss sie sich dann doch dazu endlich einmal aufzustehen. Sie ging geradewegs in das Badezimmer und stellte sich zu allererst den Wasserhahn auf, um sich eine handvoll eiskaltes Wasser ins Gesicht zu schütten. Ein Blick in den Spiegel ließ sie kurz aufschrecken. Ihr Kajal war vollends verschmiert und sie hoffte darauf, dass es nur durch das Wasser war. Wie peinlich wäre es gewesen, wenn es heute Morgen gegen Ende auch schon so ausgesehen hätte. Sie schminkte sich alles an Make Up herunter, putzte sich die Zähne und ging dann durch Schlafzimmer und Flur hindurch zur Küche hinein. Unbedingt benötigte sie eine Aspirin und vor allem Kaffee.

Sarah´s knapp 90m² Wohnung im THE CHARLESTON, ein Wohnensemble welches von den Architekten Hilmer & Sattler und Albrecht entworfen wurde, war einfach perfekt gelegen. Nur wenige Gehminuten waren es zum Potsdamer Platz, zu U- und S-Bahnhof.

Für sie allein war es ganz schön groß, doch sie sah diese Anzeige, machte einen Termin zur Besichtung aus und hatte sich sofort verliebt. Durch ihren jetzigen Kontostand konnte sie es sich schließlich auch leisten. Sarah freute sich schon, wenn sie den langersehnten Besuch ihrer Eltern bekommen würde und sie es ihnen vorzeigen konnte. Sie würden es mit Sicherheit nicht glauben können.

Kam man zur Wohnung herein, stand man in einem kleinen Flur von dem es rechts entlang einmal ins Schlafzimmer ging, in welchem sie unter anderem sehr viel Platz für eine kleine Zeichenecke gefunden hatte und von diesem Zimmer aus ging es in das Badezimmer.

Knapp neben der Wohnungstür, gab es sogar eine reine Gästetoilette. Vom Foyer aus zur linken Seite gehend, kam man in das Wohnzimmer. Zwischen diesem und dem Flur ging es zum Einen durch eine Tür in die Küche und vom Wohnzimmer aus direkt, stand sie halboffen im Raum. Das Esszimmer war integriert. Ein großzügiger Tisch hatte allemal Platz dort. Und des Weiteren gab es noch einen ausreichenden Balkon, welcher auch überdacht war. An sich war es ein ruhiges Wohnen in diesem

Gebäude und trotz alledem war man nicht weit vom schönen städtischen Geschehen entfernt.

Sarah mochte ebenfalls das helle Laminat und die fast schwarzen Fließen in Küche und Bad. Da die Einbauküche und Badausstattung weiß war, gab es einen guten Kontrast und vor allem war alles auf dem neuesten Stand. Ja. Sie hatte sich hier schnell eingelebt und fühlte sich wahrhaftig angekommen.

Sarah nahm sich ihren frisch durchgelaufenen Kaffee und setzte sich auf ihre grau melierte Eckcouch. Vom schwarzen Holztisch nahm sie ihr Handy und wählte Leila´s Nummer.

"Einen wunderschönen guten Tag, Sonnenschein.", wurde Sarah von der anderen Leitung begrüßt. Sie bewunderte schon immer, dass ihre Freundin stets voller Elan war. Das war selbst dann so, wenn sie keine fünf Stunden geschlafen hatte.

"Wunderschönen guten Morgen.", entgegnete sie freudig zurück.

"Ich gehe mal davon aus, dass ich dich nicht geweckt habe?", fragte Sarah sie.

"Mmh, nein. Ich liege zwar noch im Bett, bin aber wach."

"Na da habe ich es ja mit meinem Gang zur Couch schon ziemlich weit geschafft."

Leila lachte. Sarah hörte daraufhin etwas nach unten fallen.

"Alles okay bei dir?" Sie hörte wie Leila irgendwohin zu laufen schien.

"Aber hallo. Ich habe gerade nur etwas fallen lassen. Musste das Schlafzimmer rasch verlassen."

"Sag mal, bist du eigentlich zu Hause?"

"Ja..."

"Na und weiter.", forderte Sarah sie zum Sprechen auf.

"Es schläft eben noch jemand dort." Sie sprach etwas kleinlauter weiter. Sarah war just etwas verdutzt.

"Du bist doch gestern alleine in das Taxi gestiegen oder war ich doch so betrunken?"

"Nein, da hast du schon richtig gesehen, doch auf dem Heimweg ist da dieser eine Kerl von deinem Schätzchen gelaufen." Kurze Pause. "Er war so allein."

"Erstens, er ist nicht mein Schätzchen, Süße und zweitens, wer von ihnen war es denn?"

"Ich sag nur, beste Vollmilchschokolade. Doch weißt du was das Problem an der Sache ist?"

"Du willst ihn schnell wieder loswerden, doch er schläft zu fest?"

"Nein, im Gegenteil. Ich würde jedoch gerne wissen, wie er nochmal hieß?!"

"Oh komm schon. Nicht dein ernst, oder?!" Ja. Das war einfach nur typisch Leila. Unverbesserlich."Ich weiß es leider auch nicht genau. Gab es da nicht zwei und einer war der Trainer?"

"Der Trainer war es nicht. Der war auch eher die Zartbittervariante."

"Hörst du mal mit deinen Schokoladensorten auf.", feixte Sarah.

"Vielleicht kannst du ja heute mal dein Date nach ihm ausfragen. Da war doch was, wenn ich mich noch recht entsinne."

"*Vielleicht* solltest du ihn einfach fragen, wenn er aufgestanden ist. Pete und ich wollen wohl eher über uns sprechen."

"Bist du schon aufgeregt?", lenkte Leila nun die Aufmerksamkeit auf dieses Thema.

"Ich glaube ich bin momentan noch nicht fit genug dafür. Doch ich schätze die Aufregung wird noch kommen.", gab sie zu.

"Bleib einfach wie du bist. Er macht einen netten Eindruck, finde ich und ihr saht gut zusammen aus."

"Na, wenn du das sagst. Ja, er hat doch schon was."

"Ich weiß, dass habe ich dir angesehen."

Leila blieb einfach nichts unentdeckt. Wieder hörte Sarah sie irgendetwas machen.

"Er steht auf. Okay, wir hören uns morgen. Hab einen wunderschönen Abend. Viel Glück."

"Danke, dir auch und ach Leila..." Wieder begann Sarah zu lachen.

"Ja?", fragte sie aufgeregt.

"Er heißt Joey."

"Du... gemeines Stück.", scherzte sie und klang erleichtert.

"Ich weiß. Hab dich lieb."

"Ich dich auch. Bis dann."

Nachdem Sarah ihr Gespräch mit Leila beendet hatte, konnte sie es langsam kaum noch abwarten Pete am heutigen Abend wieder zu sehen. Vor allem alleine.

Auch Pete war voller Vorfreude auf den heutigen Abend gewesen. Sarah hieß sie also. Dieser Name passte zu ihr. Nachdem Mike mit der ausgegebenen Visitenkarte, seinem Kumpel eigentlich helfen wollte und für ihn hoffte, sie käme eines Tages vielleicht zur Tanzschule, doch leider nichts geschah, hatte auch Pete fast die Hoffnung aufgegeben. Er hätte sie schlecht aufsuchen können, wie denn auch!? Er hatte keinen Namen und keine Idee, wo er sie hätte finden können. Hätte es die Möglichkeit gegeben, dann hätte er auch gerne die Initiative dazu ergriffen. Doch das

Schicksal hatte es gut mit ihm, vielleicht sogar mit ihnen beiden, gemeint.

Pete hatte es gestern ebenfalls genossen, ihre Nähe zu spüren und sie ebenfalls berühren zu dürfen. Sicher war in der ganzen Gruppe Alkohol im Spiel gewesen, doch er fand auch, dass keiner vollends betrunken war. Es war ein noch ziemlich humanes Level allerseits gewesen.

Nun jedoch konnte er es kaum noch erwarten sie wieder zu sehen und hoffte, ihr würde es genauso gehen. Was er auch hoffte war, dass die Stunden bis dahin zügig vergehen würden.

Kapitel 6

Zeitgleich liefen sich Sarah und Pete vor dem Eingang des Sony Centers entgegen. Sie strahlten beide schon ein wenig von Weitem und gingen gemeinsam zum Corroboree. Da es auf längere Zeit zu frisch draußen geworden wäre, waren sie sich einig darüber drinnen zu essen. Also gingen sie in das zweistöckige Restaurant und setzten sich auf die hellen Korbstühle. Sarah betrachtete kurz die in grünem Neonlicht scheinende Theke und die verzierten Innensäulen, von denen einige in blauem Licht leuchteten.

Anfangs wirkten beide eher zurückhaltend. Es war eben eine etwas andere Situation als jene im Club, doch sicher war, dass sie die Augen kaum voneinander abwenden konnten.

Sie bestellten sich zwei Heineken und während Pete sich zum Essen ein gutes Aussie Steak orderte, griff Sarah zu einem leichten Gold Coast Chicken Salat. Mit gebrachtem Essen, begann langsam auch ein etwas fließenderes Gespräch.

"Was machst du denn noch neben dem Tanzen, also beruflich meine ich?", fragte sie ihn vosichtig an.

"Naja, ich unterrichte nebenher die Kleinen. Sozusagen die erste Klasse der Tanzschule."

"Das stell ich mir irgendwie niedlich vor. Also nicht wie du unterrichtest,", grinste sie, "...sondern wie sie dort herumhüpfen."

"Ich wusste schon, wie du das meinst.", beruhigte er sie. "Aber ja, es ist wirklich manchmal echt süß. Doch es sind einige dabei, da kann man echt nur staunen. Einer meiner Schüler ist knapp sechs Jahre alt und wenn er so weiter macht, wird er sicher mal besser als ich werden.", gab er bewundernswert zu.

"Doch du bist auch ziemlich gut, so wie ich das gesehen habe. Kann es sein, dass du etwas größeres mit dem Tanzen vor hast?" Dass Sarah ihn anscheinend doch sehr beobachtet hatte, machte ihn glücklich.

"Wir machen ab und an bei einigen Wettbewerben mit und Ende des Jahres steht ein Battle an, bei dem einige wichtige Leute anwesend sein werden. Ich strebe eine Karriere als Profitänzer an, das stimmt. Das Ziel bei der ganzen Sache ist es dann, genug Geld bei Auftritten zu bekommen und da mich die Arbeit meines Trainers sehr fasziniert, ebenfalls irgendwann, wie er, meine eigene Tanzschule zu gründen."

Sarah gefiel, dass auch Pete einen ganz eigenen Traum verwirklichen wollte.

"Und du, was machst du beruflich?"

"Ich bin eher ein Freiberufler. Mein ganzes Leben lang schon zeichne ich und hier habe ich dann bei einem Kurztrip Leila kennen gelernt."

"Du meinst jene, die gestern oder besser gesagt heute Morgen noch meinen Kumpel Joey verführt hat?", unterbrach er sie grinsend.

"Ganz genau die. Also ist es auch schon bis zu dir durchgedrungen?"

"Ja, Joey ist ziemlich begeistert, glaube ich zumindest.", entgegnete er. "Aber egal, weiter mit dir."

"Nun ja, die Verführerin ist Galeristin und um es etwas zu verkürzen. Vor einigen Jahren bin ich hierher gezogen um es zum Beruf zu machen freischaffende Künstlerin zu werden."

"Und das du noch hier bist, hat also zu bedeuten, dass es funktioniert hat?!"

"Könnte man so sagen." Ungern wollte Sarah von einer gewissen Summe erzählen. "Leila hat in ihrer Galerie ein Bild von mir verkauft, was mir definitiv genügend Zeit verschafft hat. Mein Ziel ist eines Tages eine eigene Vernissage.", antwortete sie ihm fast gleich.

"Also ich bin ja hier aufgewachsen, doch da du sagtest du bist hierher gezogen... Wo kommst du denn her?"

"Frankfurt am Main, falls dir das etwas sagt."
Fragend blickte sie zu ihm.

"Gehört definitiv, doch dort war ich noch nie."

"Ich finde persönlich, es ist eine ziemliche Geschäftsstadt. Die Börse, viele Banken und so weiter. Jedoch ist die Skyline bei Nacht ziemlich beeindruckend."

"Deine Eltern leben noch dort?"

"Ja, dass tun sie. Sie waren beide nicht ganz damit einverstanden, dass ich meine Arbeit als Bankkauffrau aufgegeben habe, doch haben sich im Laufe der Jahre sehr gut damit arrangiert."

"Ich würde sagen, Berlin ist eben einfach eine wunderbare Stadt. Es gibt viele, welche hier ihren Traum verwirklichen wollen. Wir sind wohl zwei, die das bestätigen können."

"Ja, das sieht wohl schwer danach aus." Sarah lächelte freudig und versank fast in Pete´s Blick. Nach diesem ausführlichen Gespräch, bei dem sie Minute um Minute lockerer geworden waren, aßen sie etwas stillschweigender fertig und sahen sich fast nur noch überglücklich an. Es schien wirklich alles perfekt zu sein. In Sarah begann es mehr und mehr zu kribbeln. Eine große Anziehungskraft herrschte zwischen ihnen und man konnte fast spüren, dass sie sich gerne viel näher gewesen wären, als sich nur gegenüber zu sitzen. Dass es beiden so ging war eindeutig, doch keiner wollte das erste Wort darüber verlieren.

Nach einem zweiten geleerten Heineken, verlangte Pete die Rechnung. Knapp drei Stunden hatten sie in dem Lokal verweilt. Als sie gemeinsam aus dem Sony Center heraus gingen und sich dort eigentlich ihre Wege trennen sollten, nahm Sarah all ihren Mut zusammen. Sie genoss es so mit Pete und wollte noch nicht das es endet, vor allem auch deshalb, weil sie jetzt noch nicht wusste, wie sie sich am besten verabschiedet hätte.

"Ich wohne nur ein paar Meter von hier. Vielleicht hast du noch Lust auf einen Kaffee oder ein Glas Wein?!", fragte sie sehr vorsichtig und hoffte inständig, dass er noch nicht gehen wollte. Zu ihrer Erleichterung war er sofort damit einverstanden.

"Ein Glas Wein wäre wunderbar. Weißwein wäre vor allem perfekt.", antwortete er verschmitzt.

"Da sind wir uns definitv einig."

Sarah schloss die Wohnungstür auf und beide traten nacheinander ein.

"Willkommen bei mir zu Hause.", sagte Sarah, doch eigentlich nur um überhaupt irgendetwas zu sagen. Auf dem Weg hierher waren sie sehr still gewesen.

"Ich fülle uns zwei Gläser Wein ein." Sarah ging zur Tür in die Küche, zog dort ihre Jacke aus und legte sie auf den Küchentresen. Pete blieb vorerst im Foyer stehen und hang seine Wolljacke ebenfalls beiseite. Sie hatte die Schlafzimmertür geöffnet gelassen und somit konnte er ihre Zeichenecke etwas begutachten. Sarah schien für Dinge des Alltags zu sein. Momente, die man sozusagen bei genauem Hinsehen vernehmen konnte. Es dauerte gar nicht allzu lange und sie kam zurück in den Flur.

"Ich hoffe trockener Chardonnay ist in Ordnung?!" Sie streckte Pete ein Glas davon hin und in ihrer Stimme lag arge Aufregung. Nun mit ihm alleine zu sein, war eine weitere andere Situation.

"Perfekt, danke." Er nahm das Glas entgegen und hob es an zum Zuprosten, was Sarah gerne erwiderte.

"In dieser Ecke zeichnest du also?" Pete richtete seinen Kopf nach rechts.

"Nicht immer, ist eher ein Abstellplatz dafür. Ich zeichne oft draussen oder zumindest am Fenster." Automatisch gingen sie nahe zu den Zeichnungen und Sarah ließ Pete´s Blicke darüber gehen.

Jeder einzelne der beiden wusste, dass es schon lange nicht mehr nur um das Interesse an der anderen Person ging. Eigentlich lief es nur noch darauf hinaus, wer genau den ersten Schritt machen würde.

Sarah lehnte sich an die Kommode, die an der Zimmerwand stand und Pete drehte sich bald zu ihr und ging auf sie zu.

"Du glaubst mir nicht, wie froh ich bin dich wieder gesehen zu haben." Während er diese Worte aussprach, kam er Schritt für Schritt näher auf sie zu, bis sie schließlich ganz dicht voreinander standen. Sarahs Herz schlug rasend schnell und sie blickte auf seine seicht braunen Augen und dann auf seine wohlgeformten Lippen.

"Das bin ich auch, Pete." Mit ihrer rechten Hand fasste sie ihm an seine Taille und hielt in ihrer linken noch immer das Weinglas. Pete hatte seines schon auf der Kommode abgestellt und tat das gleiche nun auch mit Sarah´s, welches er ihr aus der Hand genommen hatte.

Er fuhr mit seiner rechten Hand durch ihr Haar und verharrte dann mit dieser auf ihrer Wange. Sarah hingegen stützte sich mit ihrer linken auf der Kommode ab. Langsam kam er ihr näher. Ihre Lippen waren nur noch wenige Zentimeter voneinander entfernt und trafen sich erst flüchtig und dann drückten sie sich sanft aufeinander. Es war, als würden beide entspannt ausatmen, da sie diesen einen Schritt, den beide seit den letzten Stunden unbedingt wollten, endlich getan hatten. Sarah ließ sich nun ganz in Pete´s Armen fallen, der beide Hände nun an ihren Rücken gelegt hatte und umfasste mit von ihr der einen seinen Nacken und die andere legte sie ihm sanft auf die Mitte seines Brustkorbes. Die Küsse wurden intensiver und schon bald drückte Sarah sich nach vorne. Jedoch nicht, um Pete von sich zu lösen, sondern um mit ihm in Richtung Bett zu gehen. Sie küssten sich weiter, er ließ sich langsam auf die Matratze sinken und zog Sarah mit sich. Sie waren in keinster Weise verkrampft, ließen sich einfach fallen. Vertrauten einander.

Pete nahm Sarah an den Hüften und drehte sie so, dass nun er über ihr war. Er fuhr unter ihren Pullover und küsste liebevoll ihren Hals. Sarah genoss diese Liebkosungen und wölbte ihren Oberkörper nach oben. Auch sie fuhr ihm mit den Händen unter sein Shirt und streifte über seinen Rücken. Kurz darauf nahm sie den Stoff an den Enden, um ihn nach oben über seinen Kopf streifen zu können. Pete öffnete ihren Knopf der Hose, zog diese langsam nach unten und küsste Sarah um ihren Bauchnabel herum. Sie ließen sich beide komplett aufeinander ein und genossen diese pure Intimität zwischeneinander.

Tief ein- und ausatmend lagen sie nebeneinander im Bett. Sie beide fühlten sich so überwältigt von der Situation. Von dem, was geschen war.

Eigentlich wollte keiner etwas beginnen zu sagen, doch Pete konnte sich nicht zurückhalten.

"Du sollst wissen, dass ich es nicht darauf abgesehen habe, dass dies geschieht."

"Ich hätte auch nicht damit gerechnet, aber warum sich... nun ja, zurückhalten."

"Es war und ist wunderschön, Sarah." Pete neigte seinen Blick zu ihr und lächelte.

"Das bedeutet, du willst hier auch über Nacht bleiben, hoffe ich.", traute sie sich mutmaßend zu sagen, da sie es auch anders kannte.

"Oh ja, das will ich. Schließlich habe ich auch noch nicht den anderen Teil deiner Wohnung gesehen.", witzelte er, doch wusste auch, warum Sarah dies ansprach.

"Sehr schön.", sagte sie nur und fühlte sich voller Wohlbehagen.

Pete streckte seinen Arm nach links aus und forderte Sarah damit auf, sich dicht zu ihm zu legen. Als sie auf seiner Brust lag, legte er ihn um ihren Oberkörper und nicht lange danach schliefen sie gemeinsam ein.

Kapitel 7

Vor einigen Tagen, kurz vor dem Jahresechsel, kam Tom wieder zurück in seine Einraum-Wohnung in der Schwedter Straße. Knapp drei Wochen Gefängnisaufenthalt lagen hinter ihm und eine Woche musste er bei seinem Vater verbringen, ehe der ihn wieder gehen ließ. Dies war schon eine sehr lange Zeit für beide unter einem Dach.

Sein Vater besaß sehr viel Geld, hatte ihn schon oft genug durch sein hohes Ansehen, aus diversen Miseren herausgeholt, doch dieses Mal, sei das letzte Mal gewesen, mahnte er. Durch Mangel an Beweisen, konnte er seinen Sohn durch eine nicht geringe Summe an Kaution herausholen. Tom wusste, dass es dabei nicht um ihn ging. Sein Vater hatte nur Angst davor, das durch schlechte Pressenachrichten in den Medien, sein Ruf als Immobilienmakler angekratzt werden konnte. Somit zahlte er nicht für ihn diese beträchtlichen Summen, sondern für sein eigenes Ansehen.

Tom hang seinen Boxsack an den dafür vorgesehenen, an der Wanddecke hängenden Haken und drehte die Musik laut auf. Über ihm gab es noch eine etwas größere Wohnung, die derzeit jedoch leer stand. Also konnte er auch niemanden stören, auch wenn es ihm womöglich eh egal gewesen wäre. Er streifte seine Boxhandschuhe über und begann voller Aggressivität auf den 30kg-Sack einzuschlagen. In Gedanken stellte er sich vor, dass es Pete gewesen wäre, der durch seine Fausthiebe nach rechts und links schwankte.

Für Mitte Dezember hatte er sich für einen Wettbewerb angemeldet gehabt, der ihm bei gut ertanzter Position ermöglicht hätte, in eine Gruppe aufgenommen zu werden, welche um die acht Auftritte ihm Jahr, in allerlei Städten, absolvieren würde. Dies hatte sich für ihn nun erst einmal erledigt. Erst Ende diesen Jahres wäre es wieder soweit, um sich dafür zu qualifizieren.

In der Tanzschule konnte er sich dank Pete vorerst auch nicht mehr sehen lassen. Er war sich sicher, dass Mike ihn nicht mehr wieder in der Crew aufnehmen würde. Oh ja. Pete war ja sein bester Tänzer. Er war so voller Motivation und Eifer. Tom hasste Pete von Beginn an. Seitdem er zum allersten Training erschienen war.

Ich war vor ihm da!, dachte sich Tom und schlug so heftig zu, dass der Haken fast aus der Decke gerutscht wäre.

Vollkommen durchgeschwitzt in seiner grauen Jogginghose und dem weißen Achselshirt, setzte er sich auf die Ledercouch und zog sich eine Line. Noch einige Monate, beschloss er, würde er die anderen in dem Glauben lassen, dass er, Tom, von der Bildfläche verschwunden wäre. Doch er würde zurück schlagen. Würde sich bei Pete rächen. Er benötigte nur noch einen Plan.

Kapitel 8

Am ersten Samstag des Jahres, knapp zwei Tage nach ihrem Treffen mit Pete, verabredete sich Sarah mit Leila in einem Café am Kurfürstendamm. Schon von Weitem konnte sie das breite Grinsen ihrer Freundin erkennen. Sie umarmten sich zur Begrüßung und ließen sich dann beide einen Latte Macchiato bringen.

"Tut mir leid, dass wir gestern nicht telefonieren konnten, doch ich hatte ein außerplanmäßiges Treffen mit einem Galeristen.", entschuldigte sich Leila bei ihr.

"Das ist doch kein Problem. Ich war eh etwas beschäftigt.", entgegnete Sarah total happy.

"Dann ist euer Treffen wohl besser gelaufen als gedacht. Habt ihr euch gestern also gleich wieder verabredet? Los, ich will alle Details." Leila klatschte erwartungsvoll in die Hände.

"Naja, so in der Art. Ich würde eher sagen, wir haben noch gemeinsam gefrühstückt und waren am Mittag spazieren." Sarah schmollte und Leila´s Augen wurden größer.

"Du willst mir hier doch nicht etwa erzählen, dass du ihn gleich beim ersten Date rangelassen hast, oder?", fragte sie, denn das passte eigentlich so gar nicht zu ihre oft schüchternen und zurückhaltenden Freundin.

"Ähm, doch?!" Sarah blickte verlegen nach unten.

"Ich entdecke immer wieder neue Seiten an dir, Sweety. Na und, weiter. Wie war es? Wie war er?" Leila riss die Augen auf.

Sarah blickte ins Leere, als würde sie jene Stunden nochmals vor ihren Augen Revue passieren lassen.

"Erde an Sarah... Hat sich da jemand verliebt?"

"Es war wunderbar. Alles. Der Abend, die Nacht, der nächste Morgen.", schwärmte sie.

"Okay, ich nehm die letzte Frage zurück. Du bist ihm ja anscheinend total verfallen.", rief sie euphorisch und einige Gäste drehten sich zu ihrem Tisch um. Sarah wurde rot.

"Leila, bitte nicht noch lauter." Sarah legte die Hand über eine Gesichtshälfte.

"Gut, gut. Ich bin ja schon ruhiger. Aber ich freu mich ja so für dich. Ich habe es von Anfang an gewusst. Spätestens im Club. Ihr seht euch doch wieder?"

"Wir wollen morgen ins Kino." Sarah konnte einfach nicht aufhören fröhlich zu grinsen.

"Nun aber zu dir. Was ist denn nun mit diesem Joey gewesen? Beziehungsweise, ist da noch etwas?", wollte jetzt Sarah die Aufmerksamkeit auf Leila lenken.

Leila lachte kurz auf.

"Du wirst lachen. Nachdem er aufgestanden ist, kam er zu mir, lächelte und...ha, fragte, wie ich eigentlich nochmal heiße."

"Oh weh, da hatten sich ja zwei gefunden. Und weiter...", stichelte jetzt sie.

"Also, eine Romanze wie bei dir ist es nicht. Wir tranken Kaffee, unterhielten uns noch etwas und tauschten die Nummern aus, aber ohne feste Pläne zu einem Treffen. Ich denke, ich bin ihm zu emanzipiert."

"Die gute Emanzipation. Du weißt aber schon, dass dies meist deine Ausrede für so etwas ist?"

"Es ist keine Ausrede, sondern eine Tatsache.", antwortete sie voller Überzeugung.

"Na, wenn du meinst.", gab Sarah, die Augenbrauen nach oben gezogen, zurück.

"Ich habe so viel zu tun. Nächste Woche öffne ich wieder meine Galerie und muss dringend neue Aufträge an Land ziehen. Da ist keine Zeit für einen Partner." Leila zwinkerte ihr zu.

"Ist schon in Ordnung. Ich glaube dir ja." Sarah kannte Leila langsam gut genug. In ihrer Arbeit war sie sich sicher. Voller Selbstbewusstsein. Doch was

Männer anging, liebte sie es unverbindlich. Was jedoch Sarah glaubte war, das Leila sich in dieser Hinsicht einfach nur nicht fallen lassen konnte. Sie hatte schlicht Angst davor, dass ein Mann ihr grob gesagt, einen Strich durch die Karriere machen könnte. In den Augen ihrer Freundin sah sie nämlich, dass bei dem Gespräch über Joey, diese leicht strahlten.

"Naja, und wie gesagt. Vielleicht treff ich mich ja mal, irgendwann, ganz ungezwungen mit ihm. Denn daran war mal überhaupt nichts auszusetzen."

Ebenfalls die Männer, die heute ihr erstes Training im neuen Jahr hatten, verbrachten die ersten zwanzig Minuten mit einer Plauderei über den Clubabend. Während sich Pete, Joey und Mike ausgelassen unterhielten, waren die anderen drei eher stille Zuhörer.

"Julia war nicht sauer auf dich, weil du Silvester mit uns verbracht hast, oder?", fragte Pete Mike, da seine Frau mit dem einjährigen Sohn zu Hause geblieben ist.

"Nein, keineswegs. Hätte sie es nicht gewollt, dann wäre ich sicher bei ihr und Maddox geblieben. Sie hat uns diesen kleinen Ausflug gegönnt und schließlich weiß sie, dass sie mir vertrauen kann.", nickte Mike bestimmt. Und wer Mike kannte, wusste auch, dass er ein treuer Ehemann und liebevoller Vater war. Die Geburt seines Sohnes im vorletzten Jahr machte ihn zum glücklichsten Mann der Welt, denn es war einfach noch das, was in seiner glücklichen Ehe, welche er seit drei Jahren führte, noch fehlte. Endlich eine eigene kleine Familie. Er war jetzt 32 und hatte mit Julia ebenfalls ein zweites Kind geplant, jedoch erst wenn der Kleine noch ein paar Jährchen älter war.

"Und ihr zwei seit ja allem Anschein nach auch artig alleine nach Hause gefahren?!", richtete er sich nun an Pete und Joey.

"Also ich wurde zugegeben, auf halbem Weg eingesammelt.", antwortete Joey frech.

"Was bedeutet hier eingesammelt?" Mike wurde neugierig. Pete stand nur lachend daneben.

"Leila, die Frau mit dem blonden Kurzhaarschnitt. Naja, sie wollte in dieser Nacht einfach nicht alleine sein." Selbstbewusst stellte er sich aufrecht.

"Ach so ist das. Na da kannst du ja von Glück sprechen, dass Pete die Damen mit zu uns gebracht hat. Was mich natürlich auch noch interessieren würde. Euer zufälliges Wiedersehen hat euch sicher gefreut. Wie hieß sie noch einmal?"

"Sie heißt Sarah.", sagte er und lächelte beim Aussprechen ihres Namens. "Und es könnte gut möglich sein, dass ihr sie vielleicht auch mal wieder zu Gesicht bekommt."

"Sag bloß, ihr habt euch in den vergangenen Tagen getroffen?", fragte Joey, der von ihrem Date nichts wusste.

"Ja, das haben wir und morgen lade ich sie ins Kino ein.", entgegnete er und sah fragende Blicke von der Crew, welche gerne mehr erfahren hätten. Pete jedoch brach hier ab.

"Ein Genießer schweigt.", grinste er und die anderen schauten traurig drein.

"Ich freue mich für dich." Mike klopfte ihm auf die Schulter und richtete sich nun an alle.

"Alles klar Leute, dann wollen wir mal unsere müden Knochen wieder etwas strapazieren." Er klatschte in die Hände und forderte sie damit auf, ihre Positionen einzunehmen.

"Aber mir erzählst du es doch noch, oder?", fragte Joey seinen Kumpel, während sie sich aufstellten.

"Erst, wenn es mehr zu erzählen gibt."

Joey zog trotzig die Mundwinkel nach unten.

"Bei dir kann ich mir ja gut vorstellen, was in dieser Nacht gelaufen ist."

"Wir haben uns noch Stunden unterhalten."

"Ja, ganz genau.", spottete er und winkte ihn just ab.

Kapitel 9

"Hey Alter, willkommen zurück." Mit einem Handschlag begrüßte David seinen Kumpanen Tom und trat in seine Wohnung.

"Du siehst etwas fertig aus, wenn ich das mal so sagen darf." Er musterte ihn.

"Ich bin etwas gestresst. Willst du auch ein Bier?", fragte er und ging zum Kühlschrank.

"Klar, warum nicht." David setzte sich und zog seine Jacke aus.

"Dein Vater hat dich also rausgekauft aus dem Knast?!"

"Ja, aber lass uns jetzt bitte nicht über ihn sprechen. Der Mann geht mir so auf die Nerven. Der hatte doch nur Angst um schlechte Publicity."

Tom gab David das Bier in die Hand und setzte sich neben ihn. Er ließ sich lässig nach hinten sinken und trank auf Anhieb fast die halbe Flasche leer.

"Zum Wohl.", gab David daraufhin ironisch zum Besten. "Nun erzähl doch mal, was da genau passiert ist. Ist ja nicht so, als hätten wir vor deiner Festnahme noch miteinander sprechen können."

David war im Grunde Tom´s bester Freund. Vielleicht sogar sein einziger. Zumindest konnte er ihm zum größten Teil vertrauen. Jedoch kam er auch schon vor Jahren durch ihn zum Drogengeschäft. David nutzte es damals ein wenig aus, dass Tom finanziell unabhängig von seinem Vater leben wollte und da er keine Ausbildung besaß, stets nur tanzen wollte, führte bei dieser Bekanntschaft eines zum anderen.

Hingegen Tom, war David nur ein Drogendealer. Er nahm sie nie selbst. In den vielen Jahren seiner illegalen Laufbahn, in der er stets nie erwischt worden ist, hat er sich einen für sich bekannten Käuferkreis aufgebaut. Sein Kumpel schien aber noch nicht zu verstehen, dass man das Zeug in etwas abgelegeneren Ecken verkaufen sollte. Vielleicht war er auch einfach viel zu oft selber auf sämtlichen Trips, so dass er all dies kaum noch richtig registrieren konnte. David wusste eigentlich wie labil Tom war. Er kam aus einem zerstrittenen Elternhaus, Kontakt zu Mutter und Vater war so gut wie gar nicht mehr vorhanden, außer eben es musste eine Art Schweigegeld gezahlt werden. Tom wurde Monat um Monat einer von David´s besten Abnehmern.

"Du kennst doch die Tanzschule in der ich war...", begann er. David nickte zustimmend.

"Dieser Mistkerl Pete hat mich erwischt, als ich zu etwas Geld kommen wollte und einige Tage später standen die Bullen im Studio und nahmen mich mit. Das ist die Kurzfassung."

"Das ist natürlich mies. Wirst du dort jetzt trotzdem wieder tanzen?", wollte er wissen.

"Mike wird mich nun sicher nicht mehr aufnehmen. ´Nen Dealer in der Truppe zu haben, ist sicherlich nicht das was ihm vorschwebt. Aber was ich vorhabe ist es, mich an Pete zu rächen. Der Kerl ist wie ein Geschwür, welches man nicht braucht."

"Okay.", David zeigte sich leicht irritiert. "Was hast du denn vor?"

Tom leerte mit seinem nächsten Schluck die Flasche und stand gleich wieder auf, um Nachschub zu holen. Mit einer neuen lehnte er sich an den Türrahmen.

"Nun ja, er will doch Profitänzer werden, oder nicht. Was ist das Wichtigste für jenen?"

Er sah David auffordernd an, der jedoch schaute sehr skeptisch.

"Ich hoffe nicht, dass du das meinst, was ich denke. Du willst ihn doch nicht verletzen, oder?"

"Beide Beine werde ich ihm brechen!", rief er voller Wut. "Der Kerl hat es geschafft, dass ich kurz vor ´nem externen Wettkampf ins Kittchen gehe."

"Hey ja, laber mal keinen Blödsinn. Ganz ehrlich, du bist doch selber Schuld, Tom."

Das ging selbst David eindeutig zu weit, auch wenn er von Pete nur vom Hören/Sagen wusste.

"Er wird dafür büßen müssen, mir andauernd im Weg zu stehen."

"Komm jetzt mal wieder runter, Alter." David stand auf und stellte sich vor ihn.

"Was ist eigentlich in letzter Zeit mit dir los? Das du dir manchmal was aus Trotz reingepfiffen hast, das weiß ich ja. Doch langsam glaube ich, dir würde mal ein Entzug ganz gut tun. Du legst ein eindeutig zu aggressives Verhalten an den Tag und das wird allmählich unnormal.", versuchte er ihm in hartem Ton zu verdeutlichen. David wusste, dass er so mit ihm sprechen konnte, denn würde Tom es sich mit ihm verscherzen, dann würde er keine Sonderpreise mehr bekommen und David wusste, wie notwendig die Drogen für seinen Kumpel geworden waren. Er tat ihm anfangs wirklich leid und konnte verstehen, warum er fernab der Realität sein wollte, doch langsam gefiel ihm gar nicht mehr, wen er da vor sich hatte. Tom war ein vollkommen anderer Mensch, der sich im Rausch für den Größten hielt, obwohl er eigentlich nur ganz klein war. Eine Person, welche ohne Hilfe, die eigenen Probleme nicht mehr bewältigen konnte.

"Wärst du denn nicht wütend und würdest dich nach Rache sehnen?"

"Sicher wäre ich deshalb wütend, doch nie hätte ich solche Gedanken. Sorry, aber du tickst nicht mehr richtig."

"Was soll das heißen? Du schlägst dich also auf seine Seite?"

"Ich kenn ihn doch nicht, doch anscheinend hat er es so gut drauf, dass er den Erfolg verdient hat."

Langsam wurden beide lauter zueinander. Tom setzte sich wieder hin und David stellte die fast noch volle Bierflasche in der Küche ab.

"Ich gebe ihm noch ein paar Monate. Kurz bevor ein wichtiges Battle ist. Ja, dann wird der beste Zeitpunkt dafür sein." Er schien voller Überzeugung zu sich selbst zu sprechen.

"Hast du eigentlich was für mich dabei?", wollte er, nun mit ruhiger Stimme, wissen.

David war fassungslos und atmete tief ein und aus. Er holte ein kleines Päckchen aus seiner Hosentasche, legte es ihm auf den Tisch und griff sich dann seine Jacke.

"Das ist das letzte Mal, dass du was von mir bekommst.", beteuerte er stinksauer.

"Was soll das denn bitte heißen?" Eine gewisse Furcht lag in der Stimme.

"Du hast schon richtig verstanden. Bei so einem Scheiß spiele ich sicher nicht mehr deinen besten Freund. Sorry, aber du brauchst echt Hilfe." David drehte sich um und ging aus der Wohnung, indem er die Tür von außen zuknallte.

Ein letztes Mal, sagte sein Vater.

Ein letztes Mal, sagte nun David.

Tom zerschmetterte die Bierflasche, indem er diese mit voller Wucht an die braune Wand warf. Er konnte es einfach nicht einsehen, warum keiner zu ihm stand. Obwohl er der einzige war, der den wahren Grund dafür in seiner Person eigenen trug, aber diesen nicht erkannte. Tom war und blieb der festen Überzeugung, das sein Tun, sein Vorhaben, richtig sein würde.

Er würde es Pete heimzahlen, ob andere dagegen sprachen oder nicht.

Kapitel 10

"So leid es mir tut, aber der Film war doch ziemlich ermüdend.", gab Sarah mit gähnender Gestik zu verstehen und griente.

"Der Trailer wirkte auch etwas interessanter, muss ich zugeben."stimmte er ihr zu.

"Wie kann ich das nur wieder gut machen?", fragte Pete schmollend, da er den Film alleine ausgesucht hatte.

"Lass uns ins Billy Wilder´s noch was trinken gehen. Und das geht dann mal auf mich."

Einander einig verließen sie das CineStar und waren auch schon wenige Schritte weiter dort angekommen. Kaum das Lokal betreten, blickten sie zwei bekannte Gesichter an.

Leila und Joey saßen dort und unterhielten sich freudig miteinander. Sarah dachte sich in diesem Moment, dass es wohl doch nicht ganz so ungezwungen war und auch Pete musste grinsen. Er machte keinerlei Anstalten, die zwei Entdeckten zu ignorieren.

"Na, wer ist denn hier?", rief er auffordernd und ging Sarah voraus.

 "Hey Pete, was machst du denn hier?", entgegnete Joey widerfragend und sah Sarah im ersten Moment noch gar nicht. Leila jedoch schmollte verlegen zu ihrer Freundin. Man hätte meinen können, die zwei fühlten sich etwas ertappt.

"'Das ist Sarah, falls du sie nicht noch kennst. Sarah, mein Kumpel Joey.", stellte Pete sie einander vor und legte dabei ihren Arm um sie.

"Hey Sarah. Ja, dein Gesicht kommt mir noch sehr bekannt vor.", lachte er.

"Mir deines ebenso.", entgegnete sie lächelnd zurück.

"Leila, nicht wahr?!", erwies Pete sich als Gentleman und reichte ihr zur Begrüßung die Hand, was sie erwiderte.

"Los kommt, setzt euch doch zu uns.", forderte Joey beide auf.

"Ja, kommt. Wenn wir uns schon hier treffen, brauchen wir ja nicht getrennt sitzen.", befürwortete Leila den Vorschlag.

Pete und Sarah zogen sich zwei Stühle an den runden Tisch und setzten sich wie angeboten heran. Sarah zwinkerte ihrer Freundin heimlich zu und zwickte sie aus Spaß in die Taille. Leila wusste ganz genau warum sie das machte.

"Und wo kommt ihr zwei eigentlich gerade her?", fragte Leila, nachdem alle nochmals Getränke bestellt hatten.

"Wir waren im Kino. Echt ein ganz toller Film.",
antwortete Sarah mit ironischem Unterton. Pete stieß
sie gegen die Schulter.

"Ich weiß ja, der Film war mies.", gab er neckisch
zurück. "Somit hab ich Sarah heute wohl nicht auf
meiner Seite. Sarah kniff ihn in den Oberschenkel.

"Ach quatsch, so schnell geht das nicht." Sie strahlte
ihn übertrieben an. Als sie ihre Hand eigentlich
wieder zu sich ziehen wollte, hielt Pete diese, weiter
auf seinem Bein liegend, fest. Sarah begann
daraufhin, mit ihren Fingern über seine Hand und den
Schenkel zu streicheln.

"Und ihr? Habt ihr euch spontan oder mit Absicht
getroffen?", wollte sie jetzt auffordernd wissen.

"Es war Absicht. Joey war langweilig und da war ich
seine erste Wahl.", feixte Leila und Joey staunte
entsetzt.

"Woher willst du das denn wissen. Die zwei, die ich
vorher gefragt habe, hatten keine Zeit." Er streckte
ihr die Zunge heraus.

"Naja, alle guten Dinge enden immer bei drei." Leila
beharrte auf ihrer Meinung und trat Joey leicht gegen
das Knie.

"Deine Freundin ist ganz schön frech, Sarah."

"Ja, ich weiß. Sie hat es faustdick hinter den Ohren."

"Hallo, ich sitze hier bei euch." Leila hob die Arme auffordernd zu den Seiten.

"Ich weiß, wir können dich sogar sehen." Sarah gab ihr einen Luftkuss.

"Wie lange seit ihr eigentlich schon befreundet?", wollte Leila wissen und richtete sich mit der Frage an Pete.

"Wir kennen uns eigentlich schon seit der Schulzeit.", antwortete er.

"Was bedeutet denn *eigentlich?*", fragte sie daraufhin.

"Wir haben uns erst zum Ende hin wirklich gut verstanden.", gestand Pete und Joey nickte zustimmend.

"Könnt ihr das etwas erläutern?", kam die Frage nun von Sarah. Die zwei Mädels schauten skeptisch zueinander und dann zu den Jungs.

"Sagen wir mal so...", begann Joey. "Ein Klassenclown und ein Streber verstehen sich meist nicht auf Anhieb." Er lachte.

"Streber, von wegen. Mir fiel einiges einfach etwas leichter als dir.", gab Pete schmollend zurück. Pete behielt das Wort.

"In der Hauptschulzeit habe ich, auch wenn man es nicht glauben mag, intensiv gelernt und war habicht darauf, gute Noten zu bekommen und wie Joey schon selbst sagte, war er einer, der es zunehmendst

mochte, sehr viel Unruhe in den Klassenraum zu bringen. Irgendwann war er jedoch nicht mehr so lustig drauf wie sonst, denn er stand kurz vor dem Sitzenbleiben. Ich bot mich an ihm zu helfen und während den Nachhilfen lernten wir uns besser und besser kennen und ebenso stellte sich heraus, das wir die Leidenschaft mit der Tanzerei teilten."
"Und anfangs hatte er es definitiv nicht leicht mit mir. Denn ich war noch nie jemand, der sich gern hat sagen lassen, was er machen muss. Doch nach einiger Zeit kamen wir auf einen gemeinsamen Level. Heute muss ich zugeben, will ich diese Saftbacke nicht mehr missen." Mit einem übertriebenen Augenaufschlag blickte Joey zu seinem Kumpel. Pete warf ihm grinsend einen Luftkuss zu und die zwei Mädels amüsierten sich über diesen Anblick.
"Wie war es denn bei euch?", fragte Joey nun. "Gab es eine Art Brieffreundschaft, ehe du hierher gezogen bist, Sarah?"
"Nein, ich wählte den Weg mit der Flaschenpost. Leila hatte sie letztendlich im Wannensee gefunden.", sagte sie voller Ernst und Joey schaute skeptisch drein.
"Nein, natürlich nicht.", winkte sie ab. "Ich hatte spontan einige Tage Urlaub hier gemacht und sah ein Plakat für eine Vernissage und zu dieser ging ich auf

Anhieb. Leila hatte sie organisiert und dort kamen wir auch ins Gespräch."

"Ja und anders als bei euch verstanden wir uns auf Anhieb sehr gut.", lächelte Leila glücklich. "Am nächsten Tag trafen wir uns auf einen Kaffee, redeten stundenlang und blieben weiterhin in Kontakt. Ich war so froh, als ich von ihr erfuhr, dass sie endlich hierher ziehen würde und bot ihr für den Anfang an, bei mir zu leben."

Joey winkte kurz darauf den Kellner herbei um vier Shots zu bestellen, welche rasch auf dem Tisch bei ihnen standen.

"Lasst uns auf gute Freundschaften anstoßen." Er erhob sein Glas und die anderen taten es ihm gleich.

Dass die vier beobachtet wurden, merkten sie nicht. Tom, zwar auffällig mit Sonnenbrille und Cappie, jedoch unscheinbar, saß an der Bar und belauschte das Vierergesrpäch.

Am liebsten wäre er sofort aufgestanden und auf Pete losgegangen. Es brodelte nur so in ihm. Doch er musste Ruhe bewahren. Durfte nichts überreilen. Tom fragte sich, wer wohl die Frau an Pete´s Seite war und unwillkürlich kam ihm der Einfall, seinen Plan etwas zu verändern. Doch es waren noch einige mehr Informationen notwenig. Denn zu diesem

Zeitpunkt war für ihn unklar, ob es sich nur um ein spontanes Treffen handelte oder die beiden mehr verband.

Kapitel 11

Sarah lag auf Pete abgestützt und küsste ihn immer wieder auf Mund, Wange und Hals. Er genoss diese Liebkosungen und streichelte dabei über ihren Rücken.

Knapp vier Wochen trafen sie sich nun so oft es ihnen ihre Zeit ermöglichte. Viele der Dates begannen in der Öffentlichkeit und endeten in den eigenen vier Wänden, um die Zweisamkeit zu genießen. Ihre Zuneigung zueinander war mit sehr viel Leidenschaft verbunden. Sie wollten einander so sehr. Die gemeinsame Nähe, Berührungen. Einfach, die Körperwärme des anderen spüren.

Manchmal saßen oder lagen sie einfach nur still nebeneinander. Währenddessen dachte Pete an den Tanz und Sarah an die Kunst. Beide waren auf ihre Weise kreativ und brauchten Zeit, um sich über Ideen Gedanken zu machen und heraus zu finden, ob jene in die Tat umgesetzt werden konnten.

"Was geht dir gerade durch den Kopf?", fragte Sarah und schaute in Pete´s Augen.

"Gar nichts.", antwortete er kurz und wickelte ihre Haare um seine Finger.

"Komm, sag schon. Ich sehe dir an, das da was ist."
Sie wartete. "Bin ich vielleicht zu schwer?",
versuchte sie ihn aus der Reserve zu locken.
"Quatsch." Pete kniff sie in die Seite.
"Und jetzt?" Sarah verlagerte ihr ganzes Gewicht auf
ihn.
"Hörst du auf..." Nun begann er sie zusätzlich zu
kitzeln. Sarah musste fast quieken.
Wieder richtete sie sich über ihn.
"Nun aber, Herr Stone. An was denkst du gerade?"
Pete wartete etwas, spielte weiter mit ihrem fallenden
Haar.
"Was würdest du davon halten, dich offiziell meine
feste Freundin zu nennen?"
Sarah musste unwillkürlich lächeln.
"Ich wäre stolz darauf mich deine feste Freundin
nennen zu dürfen.", antwortete sie betonend und ohne
zu zögern.
Pete strich ihr eine Strähne hinter das Ohr, beugte
sich nach oben um sie zu küssen. Genau das war es,
was er hören wollte.
"Doch", sie legte einen Finger zwischen ihre Lippen.
"Ich müsste erst noch meinen derzeitigen Liebhaber
fragen, was er dazu sagt.", kicherte sie.

Mit einem kräfitigen Hieb zur Seite lag Pete nun über Sarah und hielt ihre Hände mit seinen, rechts und links nach oben auf das Kissen gepresst.

"Ich denke nicht, dass er etwas dagegen haben wird. Er hat gar keine andere Wahl.", versuchte Pete ernst zu bleiben.

"Das ist also dein wahres Ich."

"Hast du etwa Angst?"

"Nein.", sagte sie voller Überzeugung. "Doch ich würde gerne wieder meine Arme frei bewegen können.", bittete Sarah.

"Kommt ganz darauf an, was du dann vor hast." Pete blickte skeptisch.

"Nur gutes.", versicherte sie. "Vertrau mir."

Sarah versuchte ihm einen Kuss zu geben, doch er wollte sie ärgern und wich zurück. Dann ließ er eine ihrer Hände los und Sarah wanderte mit dieser über seine Taille hinunter und fuhr ihm dann über den Po. Daraufhin ließ er die zweite Hand ebenfalls los, küsste Sarah und sie griff mit dieser um seinen Nacken. Pete umklammerte ihren Oberschenkel und die Küsse wurden impulsiver, bis sie sich in dieser Nacht ein zweites Mal einander hingaben.

Nun war es also amtlich. Pete und Sarah waren also ein Paar. Sarah konnte sich einfach nicht glücklicher fühlen. Schon am nächsten Tag erfuhr Leila davon und freute sich ebenfalls sehr für ihre Freundin. Sarah war dadurch so voller Elan gewesen, dass sie alle möglichen Ideen im Kopf hatte. Wenn Pete im Studio war, setzte sie sich zu Hause an die Staffelei und zeichnete wild drauf los. Alles war sehr farbenfroh gewesen. Nach nur zwei Wochen, hatte sie knapp sechs Leinwände begonnen, jedoch gab es bisher kein abgeschlossenes Gemälde. Sie konnte sich einfach nicht komplett festlegen. Aber sie malte wieder mehr und das war in ihren Augen ein sehr gutes Zeichen gewesen.

Fast jeden zweiten Tag in der Woche, ging sie Leila in der Galerie besuchen und holte danach Pete vom Studio ab, indem sie davor auf ihn wartete. Meist gingen sie daraufhin gut essen oder holten sich etwas zum Mitnehmen und aßen im Großen Tiergarten oder einem anderen Park. Sie genossen die gemeinsame Zeit so sehr miteinander und freuten sich schon auf die wärmeren Tage, um eine Decke auf der Liebeswiese auszubreiten oder auch eine Schiffsrundfahrt mitzumachen.

Sie gingen zusammen ins KaDeWe, auf den Fernsehturm und auch ins Berliner Madame Tussauds. Ins Wachsfigurenmuseum wollten auch unbedingt Leila und Joey mit. Sie ließen sich gemeinsam mit den erstarrten Promis ablichten und oftmals gab es großes Gelächter zwischen allen, da man es nur zu gerne ausnutzte, die besten Posen auf Fotos zu bringen.

Die Leidenschaft zwischen Pete und Sarah ließ ebenso keinesfalls nach. Sie verschmolzen an manchen Tagen regelrecht miteinander. Die Nähe war ihnen wichtiger als je zuvor. Ebenfalls die Romantik wurde immer und immer wieder auf´s Neue aufgezeigt.

Einer der schönsten Tage war für Sarah, als sie an einem Abend zurück nach Hause kam und alles vom Kerzenschein hell erleuchtet war. Sie gab Pete einen Zweitschlüssel, da ihn seine Zwei-Raum-Wohnung kaum noch zu Gesicht bekam. Selbst Sarah hatte sie noch nie gesehen.

Bon Jovi sang sanft sein wunderbares Werk "Bed Of Roses" und Pete stand wartend mit einer Rose in der Hand mitten im Wohnzimmer. Er überreichte ihr diese und nahm daraufhin die Tanzstellung ein. Pete und Sarah schwebten beinahe durch den Raum, blickten sich wieder und wieder tief in die Augen und küssten sich mehrere Male zärtlich auf den Mund. Eng umschlungen ließen sie am Ende das Lied ausklingen und für Sarah fühlte es sich an, als wäre sie im Paradies gelandet.

Nie hätte sie sich zu träumen gewagt, dass sich diese flüchtige Begegnung am Brandenburger Tor einmal als das Kennenlernen ihrer wohl großen Liebe herausstellen würde. Sie war die glücklichste Frau der Welt und hoffte, dass all das nie enden würde.

Kapitel 12

Diese Frau an Pete´s Seite schien also etwas sehr ernstes zu sein, dachte sich Tom, während er auf der Couch saß und seine Beobachtungen Revue passieren ließ.

Er sah, wie sie am Tanzstudio auf ihn wartete und er voller Freude nach dem Verlassen auf sie zuging. Stets Hand in Hand und oftmals eng umschlungen liefen sie beide durch die Straßen und Parks.

Tom fragte sich im Inneren, ob Pete da wohl die Frau für´s Leben gefunden hatte?! Eigentlich, das musste er sich eingestehen, war er sich da ziemlich sicher. In was er sich auch, jedoch nicht nur ziemlich sondern sehr sicher war war, dass Pete für seine Untat büßen sollte. Nicht einen einzigen Tag oder gar eine einzige Stunde konnte er seine Wut ihm gegenüber dämpfen. Tom wollte Pete eigentlich verletzen. Ihm beide Beine, so wie er es seinem ehemaligen besten Freund sagte, brechen. So, dass Pete seine Tanzkarriere an den Nagel hängen konnte. Doch nun wurde ihm mit diesen Bildern offensichtlich, dass er ihm noch viel größeres Leid zufügen konnte. Zumindest war es sicherlich den Versuch wert.

Tom überlegte angestrengt, wie er das jedoch anstellen sollte. Selbst wenn er voller Hass war, wollte er ungern eine unschuldige Person ohne Grund verletzen, auch wenn es Pete sicher das Herz brechen würde und dieser Gedanke gefiel Tom nur zu gut. Aber nein. Eine andere Idee musste her. Tom mussten nur noch weitere Szenarien einfallen.

Er wusste, dass Pete ihn ebenso wenig leiden konnte wie andersherum. Wenn nun seine Herzdame fremdgehen würde und dies mit ihm, dann sollte sicherlich ein Punkt in Pete erreicht sein, welcher ihm schwer zu schaffen machen sollte. Doch wie sollte Tom das am geschicktesten anstellen? Wie sollte er Sarah in irgendeiner Weise auf seine Person aufmerksam machen? Vor allem müsste er sie erst einmal irgendwo alleine antreffen.

Tom war seit der Gefängnisentlassung nicht mehr er selbst. Seine Person stand nicht mehr zwischen Gut und Böse. Sie war jenseits davon.
Sein letzter Freund hatte ihn seit dem Besuch weiterhin links liegen gelassen und somit stand Tom alleine da. Seine besten Freunde waren und blieben der Alkohol und die Drogen. Er wusste noch nicht wie, wann und wo er mit seiner Racheaktion beginnen sollte, doch eine Änderung war schon einmal sicher.

Ab jetzt würde er damit beginnen, nicht Pete, sondern seine Freundin zu beobachten.

Kapitel 13

Am heutigen Tage war typisches Aprilwetter. Nicht sonderlich kalt, aber es regnete jede zweite Stunde leichte Schauer.

Pete und Sarah wollten sich einen gemütlichen Filmabend gönnen und während Sarah auf dem Balkon darauf wartete, dass Pete mit einer DVD zu ihr kam, dachte sie darüber nach, wie sie ihm am besten die berühmten drei Worte sagen sollte. Gleich dann, wenn er da war, während des Films oder lieber doch etwas später am Abend?! Man konnte so etwas einfach nicht planen, gestand sie sich ein. Sicher war sie sich jedoch darin, dass es so war und einfach ausgesprochen werden musste.

Knapp dreieinhalb Monate waren sie nun ein Paar. Beide waren weitgehend auf derselben Wellenlänge und ziemliche Weißweinjunkies. Mindestens eine Flasche sollte davon stets im Kühlschrank vorhanden sein.

Auch in sexueller Hinsicht schien es bei den Zweien definitiv zu passen. Sarah hatte vor ihm keine fünf Männer. Bekam oft das Gefühl von ihnen, dass Sex das wichtigste überhaupt zu sein schien. Doch bei Pete war es anders. Sie hatten oft intime Momente, aber ebenfalls war es ihnen sehr wichtig einfach zusammen zu sein. Bei ihm musste sie sich nie verstellen und konnte sich einfach fallen lassen. Beide benötigten keinerlei Worte, um zu wissen was in jenem Moment richtig war. Eine Art stumme Verständigung, die lediglich durch Berührungen ihre Antwort fand.

Es klingelte an der Haustür und Sarah öffnete Pete, da er den Schlüssel hatte liegen lassen. Im Flur wartete sie, bis er oben angekommen war.
Kaum eingetreten, küsste er sie zärtlich auf den Mund und schlang seinen Arm um ihre Taille.
"Ich hab dich vermisst.", gestand er ihr und küsste sie ein weiteres Mal.
"Das höre ich doch gern." Sarah lächelte verschmitzt.
"Was gibt es denn für einen Film?", fragte sie ihn, während sie in die Küche ging um zwei Gläser mit Chardonnay zu füllen.
"Lass dich überraschen." Pete legte schon einmal die DVD ein und setzte sich dann auf die Couch. Sarah gesellte sich kurz darauf zu ihm und lehnte sich an seine Schulter. Erwartungsvoll hatte er schon seinen Arm für sie ausgebreitet. Er zeigte ihr die DVD-Hülle und drückte dann auf der Fernbedienung auf PLAY.
"*The Dead Girl*, okay?! Klingt dramatisch.", musste sie zugeben.

"Ich dachte, das passt zum Wetter.", witzelte er.

"Hast du den schonmal gesehen?", fragte sie Pete.

"Nop, aber er klang irgendwie interessant.", antwortete er vorsichtig. Schließlich fand er dies bei dem Film ihres zweiten Dates auch. Sarah kam aber zu seinem Glück nicht auf diesen zurück.

Nach etwas vergangener Spiellaufzeit stellte sich zumindest schon einmal heraus, dass mehrere kleine Geschichten erzählt wurden. Der Film hatte etwas leicht zerstörendes an sich. Es war alles meist sehr dunkel dargestellt, aber man wurde auch irgendwie dadurch gefesselt. Pete entging es jedoch trotz der dramatischen Spannung des Films nicht, das Sarah stets an ihrem Glas herumspielte. Er schaute sie von der Seite aus an.

"Du bist leicht nervös, kann das sein?"

"Nein, eigentlich nicht." Sie fühlte sich ertappt, doch versuchte es zu verbergen. Was rasch als gescheitert schien.

"Willst du mir vielleicht etwas sagen?"

"Nach dem Film, okay?" Sarah schaute unbeirrt den Film weiter, in welchem sich eine Ehefrau gerade nackt auszog und sämtliche Sachen mit den Ihren verbrannte.

"Also willst du mir doch etwas sagen.", bohrte Pete weiter nach.

"Gut möglich. Doch der Film geht ja nicht mehr allzu lange."

"Sag es doch einfach jetzt."

Sarah schaute zu ihm und schmollte.

"Warte doch noch etwas ab."

"Ich will es aber jetzt wissen. Du machst mich neugierig." Er begann ihren Hals zu küssen und Pete wusste, dass das seiner Freundin überaus gefiel.

"Hör sofort damit auf.", bittete sie, auch wenn sie seine Zärtlichkeit sehr genoss.

"Bitte.", flehte er mit kindlicher Stimme. "Sag es mir jetzt."

"Dann.", wiederholte sich Sarah.

"Okay..." Pete rutschte nach links weg, wodurch Sarah leicht zur Seite kippte und das Glas beinahe an Inhalt verlor.

"Dann müssen wir eben so weiter schauen." Pete verschränkte seine Arme.

"Nein, komm wieder her."

"Nur wenn du mir es sagst."

Sarah schien eindeutig verloren zu haben. Also nahm sie allen Mut zusammen.

"Okay, aber nur wenn du wieder herkommst." Sie zog ihre Brauen auffordernd nach oben.

"Gut, aber du hast allerhöchstens zehn Sekunden."

Sie nickte ergeben und er schmiegte sich wieder an ihre Seite. Als Sarah zu ihm schaute legte er seinen Zeigefinger unter ihr Kinn und drückte ihr Gesicht damit leicht nach oben.

"Also, was hast du mir zu sagen?"

Tief blickten sie sich in die Augen. Sarah wartete kurz, doch ließ dem Warten schließlich ein Ende.

"Dass ich dich liebe.", gab sie mit zärtlicher Stimmlage zu.

Pete begann sofort zu lächeln.

"Und das wolltest du mir so lange vorenthalten?"

"Irgendwie passte das nich so ganz zu diesem Film."

"Quatsch. So etwas passt immer." Sein Lächeln wurde breiter. "Ich liebe dich auch, Sarah."

Intensiv pressten sich ihre Lippen aufeinander. Einige Sekunden hielten sie so inne.

Nach Ende des Film wurde dieser noch etwas weiter analysiert. Es stellte sich heraus, dass Pete ihn doch schon kannte, doch da er wusste, dass seine Freundin tiefsinniges mochte und er sich schon vorher auf ihre Reaktion nach dem Ende freute, genoss er nun ihre Argumente dazu.

Sarah stand auf, ging in die Küche und holte die Flasche Wein. Während sie nachschenkte, legte sich Pete längs auf die Couch, so dass er diese nun komplett ausfüllte.

"Sag mal, kannst du wiederholen, was du mir vorhin gesagt hast?" wollte er wissen.

Sie stellte die Flasche ab, setzte sich über Pete und beugte sich über ihn.

"Ich sagte, dass ich dich liebe."

"Das hört sich gut an."

Pete reckte seinen Kopf nach oben und küsste Sarah. Er nahm ihr Gesicht in beide Hände und zog sie nun mit nach unten, so dass er daraufhin seinen Kopf wieder auf der Couch ablegte.

Sarah zog ihr Top aus und Pete streifte mit seinen Händen über ihren Rücken. Sie fuhr ihm unter sein Shirt und als er seinen Körper anhob, zog sie es ihm aus. Ihre Küsse und Berührungen wurden stärker und beide genossen die weitere Nacht.

Sarah war voller Euphorie. Sie war so unendlich glücklich darüber, in welche Richtung sich ihr Leben doch entwickelt hatte. Sie besaß eine so tolle beste Freundin, mit der sie

Spaß haben konnte und welche auch stets ein offenes Ohr für ernstere Angelegenheiten hatte und Sarah hatte einen wundervollen Freund, bei dem sie wusste, dass er es ernst mit ihr meinte. Für sie war alles perfekt. Das einzige was nun noch fehlte war, dass sie endlich wieder ein Bild, nein, mehrere Bilder bis zur

Vollständigkeit malte. Ihr Geld würde nicht ewig reichen und sie selbst, wollte auch nicht weiter auf der faulen Haut diesbezüglich liegen. Es musste etwas getan werden. Sie musste eisern sein und Fortschritte machen. Doch wie sie meist war, kam ihr wieder eine neue Idee, zu der sie Pete inspirierte. Die fast fertigen Bilder würde sie nicht beiseite stellen, doch dieses hatte nun Priorität.

Nachdem sich Pete zum Training aufgemacht hatte, holte Sarah sich Staffelei, Leinwand und Farbe ins Wohnzimmer und stellte alles am Fenster auf. Heute war wieder bestes Wetter und die Sonne schien hell in den Raum hinein.

Sie legte eine Vinylplatte von ABBA auf und setzte sich anschließend auf einen Stuhl vor die Staffelei. Mit einem Bleistift begann sie leicht die Konturen anzudeuten.

Oberhalb der Leinwand skizzierte sie das Brandenburger Tor und begann davor Menschen von jung bis alt zu zeichnen. Dazu kam eine Tanzgruppe und für die linke Ecke plante sie sich selbst zu malen, wie sie gerade dieses Bild erschaffte.

Es würde sicher einige Zeit in Anspruch nehmen, doch sie war überzeugt von ihrem Einfall. Es musste auf jedes Detail geachtet werden, um die bestmögliche Intensivität und die Geschichte, welche sich dahinter verbarg, bestens hervorzubringen.

Kapitel 14

Eigenartigerweise war Sarah leicht nervös, als sie die Treppe von der U-Bahn-Station hinauf ging und sich nun auf dem Alexanderplatz befand. Die Tanzschule war nur wenige Gehminuten entfernt.

Da Pete heute um 14 Uhr eine Stunde die Kleinen trainierte und kurz darauf im Anschluss selber Tanztraining hatte, fand er es bestens dafür geeignet, Sarah endlich mal einen kleinen Einblick in seine Arbeit zu geben. Sie war damit einverstanden, doch sagte ihm vorab, dass sie etwas später kommen würde, da sie um halb eins noch ein Treffen mit Leila hatte. Ihre Galerie war in der Rosenthaler Straße und keine zehn Minuten entfernt. So passte es Sarah also ganz gut.

Leila wollte mit ihr darüber sprechen, ob Sarah Interesse hätte, eine kleine Wandecke für ihre Bilder zu bekommen. Natürlich müsste sie eine Art Mietpreis dafür zahlen, doch dagegen sprach nichts. Sarah zeigte volles Verständnis dafür, denn somit blieb manch anderes Gemälde schließlich außen vor. Jedoch musste sie sich eingestehen, dass sie für dieses Platzangebot ebenso Zeichnungen benötigte. Aber derzeit war sie ja wieder voller Elan und würde diesen nicht so schnell verlieren. Das durfte sie auch nicht.

Nun betrat sie die Acadamy, ging die Treppe hinauf und stand schon bald vor der von Pete genannten Tür. Vor einer halben Stunde etwa hatte der Tanzkurs begonnen und von draußen konnte Sarah Pharrell Williams´ – Happy hören. Pete gab laut, um den Player zu übertönen, Schrittfolgen an. Nebenher lobte oder korrigierte er den ein oder anderen.
Sarah überlegte erst zu klopfen, doch entschied sich dann leise heinein zu gehen, um keinen aus dem Takt zu bringen. Also öffnete sie leise die Tür und kaum eingetreten hatte Pete sie aber auch schon bemerkt. Sie lächelte ihn an und nickte zur Begrüßung. Ihr Blick wanderte daraufhin zu den kleinen Tänzern, die ganz in ihrem Element waren. Pete wollte es jedoch nicht dabei belassen.
"Eine kurze Unterbrechung, Jungs.", gab er in die Hände klatschend und in lehrerhaftem Ton von sich. "Wir haben für die restliche Zeit eine Zuschauerin bekommen." Pete zog Sarah an der Hand zu sich. "Darf ich vorstellen, das ist Sarah."
Alle riefen ihr ein nettes *Hallo* entgegen.
"Hi", gab sie freudig zurück und winkte dezent in die Menge.

"Ist das deine Freundin?", fragte ein vielleicht siebenjähriger Rotschopf.

"Ja, sie gehört zu mir.", entgegnete er stolz und breit grinsend.

"Tanzt du auch?", fragte ein afroamerikanischer kleiner Junge mit kurzem schwarzen Haar.

"Eher nicht. Doch ich freu mich schon zu sehen, wir ihr alle tanzen könnt.", antwortete Sarah und hoffte auf keine weiteren Fragen. Doch jeder weiß wie Kinder sind.

"Du kannst ja auch hier mitmachen.", schlug ein dritter Knirps vor und lachte.

"Ich bin mir sicher, ihr könnt das viel, viel besser als ich.", versuchte sie sich ein weiteres Mal aus der Situation zu retten. Auch wenn es sicher lustig ausgesehen hätte, hätte Sarah sich mit in die kleine Truppe eingereiht. Bei dem Gedanken musste sie sich ein Lachen verkneifen."Gut. Genug der Worte.", schaltete sich Pete wieder ein, auch wenn er die kleine Fragerunde sichtlich genoss.

"Beginnen wir nochmal vom Anfang und ihr zeigt Sarah mal, wie gut ihr schon seid.", zwinkerte er ihnen zu und ging zum CD-Spieler, um das Lied von Neuem beginnen zu lassen.

Sarah lehnte sich an eine Wand fernab der Spiegel und schaute interessiert zu. Es war wirklich wunderbar und oftmals sehr niedlich, wie die Kinder voller Begeisterung und Eifer dabei waren. Ebenfalls glaubte sie den Sechsjährigen ausgemacht zu haben, von welchem ihr Pete bei ihrem Date erzählt hatte. Hochkonzentriert schaute er sich jede kleinste seiner Bewegungen im Spiegel an und schaute mürrisch drein, wenn er aus Versehen einen falschen Schritt gemacht hatte.

Pete lief hinter ihnen hin und her, um ihre Choreographie gut zu sehen und blickte ab und an auf seine Freundin. Die jedoch war ganz vertieft dabei, den Knirpsen zu zu schauen.

Kurz nach drei Uhr verabschiedete Pete seine Schüler, welche daraufhin nach und nach den Saal verließen. In einer guten halben Stunde würde es auch schon weitergehen und er war an der Reihe zu zeigen, was er so alles konnte.

"Findet euer Training im selben Raum statt?", wollte sie wissen.

"Nein, eine Etage weiter oben. Mike wird sicherlich schon da sein.", antwortete er, während er einige Kleinigkeiten zur Seite stellte.

"Na da bin ich ja schon gespannt. Punkt eins der Tagesordnung hat mir auf jeden Fall schon einmal bestens gefallen.", gab sie fröhlich zu.

Pete ging auf sie zu und drückte sie leicht, sich selbst an Sarah pressend, gegen einen der Spiegel.

"Ich würde sagen, das gerade war Punkt zwei. Den ersten müssen wir noch schleunigst nachholen." Tief schaute er ihr in die Augen und Sarah war sofort klar, dass es sich um einen Begrüßungskuss handelte. Dieser fiel intensiver aus als vorgestellt. Pete entfernte sich einige Minuten später einen Schritt von ihr.

"Also, bereit zum dritten Punkt der Tagesordnung?", fragte er. Sarah nickte zustimmend und beide gingen Hand in Hand ein Stockwerk höher in den Proberaum. Wie Pete schon erwähnte, war Mike schon da und ging einige Steps, sich selbst beobachtend, durch.

"Hi Mike.", begrüßte Pete seinen Kumpel und Trainer.

"Hey.", begrüßte ihn auch Sarah, leicht schüchtern.

"Hey, ihr zwei." Mike unterbrach sein Tun und ging *Gentleman-Like* erst zu Sarah, um ihr die Hand zu reichen.

"Schön dich mal wieder zu sehen, Sarah."

"Ebenso, Mike. Danke, dass ich heute die Ehre bekomme euch zu zu schauen."

"Aber sehr gerne doch.", entgegnete er freundlich.

"Solange Pete trotzdem konzentriert bleibt, gibt es

dagegen keinerlei Einwände.", witzelte er und Pete schüttelte daraufhin seinen Kopf. Er stellte seine Sporttasche in die Ecke und suchte eine Wasserflasche heraus.

"Ich muss ja zugeben, schon am Brandenburger Tor habe ich gesehen, dass Pete dir vollends verfallen war.", flüsterte er Sarah zu und sie musste kurz auflachen.

"Wer flüstert, der lügt.", rief Pete schmollend zu ihnen.

"Das ist nicht immer der Fall. Vor allem möchte ich dich nicht in Verlegenheit bringen.", beurteilte Mike die Tuschelei.

"Ist schon klar.", nickte Pete ab.

Nach und nach kamen die anderen. Joey grüßte sie schon von Weitem und die anderen drei taten es kurz im Vorbeigehen und musterten sie etwas. Schon im Club waren sie eher ruhige Personen und hielten sich meist zurück. Die fünf Männer waren in der Masterclass und somit die höchste Stufe der Tanzschule. Zumindest was den HipHop-Kurs anging.

"So Männer, auf Position. Wir beginnen heute nochmals mit dem Uptown Funk."

Sarah stellte sich diesmal ans Fenster und setzte sich später auf das Sims. Mit gespannter Mimik richtete sie ihren Blick auf die Gruppe. Es gab wie immer mehrere Durchgänge des Songs. Ab dem dritten gesellte sich Mike zu Sarah und beide begannen sich ab und an zu kurzen Unterhaltungen hinreißen zu lassen. Er erzählte ihr von seiner kleinen Familie, dass er desweiteren noch zwei Mittelstufen trainierte und welches Talent er vor allem in Pete sah. Ebenso erzählte er von den großen Chancen, welche sich ergeben könnten, wenn das Battle zum Ende des Jahres gut von Pete gemeistert werden würde. Sarah sprach mit ihm etwas über ihren Umzug nach Berlin und ihre Zeichnerei.

Die Crew kam langsam ganz schön ins Schwitzen, doch das bedeutete für Mike noch lange nicht aufzuhören. Er ließ für jeden eine kurze Verschnaufpause, indem einzelne Personen tanzen mussten. Zur besseren und detaillierteren Sicht auf die Schrittfolgen.

Pete war hochkonzentriert und Sarah schaute interessiert bei seinem Solotanz zu. In seiner legeren Klamotte, die sich aus einer weiteren schwarzen Jogginghose und einem weißen Ripp-Achselshirt zusammenstellte, sah alles noch viel lässiger aus. Sicher wusste Sarah, wie anstrengend all das war und dass hierbei jeder einzelner Muskel bewegt wurde, doch trotz allem sah man Pete´s Leidenschaft beim

Tanzen. Sarah war schon immer begeistert davon, wie gut einige Menschen sich bewegen konnten und zog vor jenen den Hut.

Man bekam auch richtig Lust sich dem ganzen anzuschließen, auch wenn Sarah sich sehr sicher war, nicht einmal ansatzweise an dieses Niveau heran zu kommen. Ein Mitwippen konnte sie trotz allem nicht vermeiden, denn dies kam ganz automatisch.

Kapitel 15

Sarah und Pete lagen noch eng aneinander gekuschelt im Bett, als ihr Handy klingelte. Sie nahm es vom Beistelltisch, legte sich zurück auf Petes Oberkörper und nahm ab.

"Guten Morgen, Sweety. Heute ist es so schön, lasst uns einen Ausflug machen.", rief Leila freudig am anderen Ende der Leitung. Pete lachte in sich hinein, weil sie nicht zu überhören war.

"Guten Morgen, Leila. Wen meinst du mit uns?", wollte Sarah wissen.

"Na du, ich, Weiße und Vollmilchschokolade.", griente sie.

Sarah presste schämend ihre Lippen zusammen und ihr Freund zog verwirrend die Augenbrauen nach oben und schüttelte nur den Kopf. Allmählich konnte er Leilas Humor ganz gut einschätzen.

"An was habt ihr denn gedacht, du und *Joey*?" Sie betonte seinen Namen extra.

"An den Britzer Garten. Wir nehmen alle was zu essen und zu trinken mit, etc.,etc. und genießen liegend auf der Decke den Seeblick. Wie wäre das?" Sarah schaute positiv gestimmt zu Pete und wartete aus seine Meinung. Er stimmte ebenfalls nickend zu und griff sich kurz das Handy.

"Die Weiße Schokolade ist einverstanden."

"Und ich auch.", lachte nun Sarah wieder in den Hörer.

"Er ist natürlich da, wie konnte es auch anders sein.", ertönte sie mit hoher Stimme, doch kein wenig beschämt. "Er kennt mich ja langsam. Sagen wir zwölf Uhr dort am Eingang? Also in zwei Stunden etwa?"

"Geht klar, das schaffen wir zeitlich."

"Super, dann bis dann.", freute sich Leila.

"Bis nachher." Sarah legte das Telefon wieder zur Seite.

"Sag mal, ist sie morgens immer so aufgekratzt?", fragte Pete.

"Oh ja. Manchmal beneide ich sie sogar darum."

"Und noch etwas..."

"Ja?"

"Weiße Schokolade also. Echt jetzt?"

"Das kommt nicht von mir."

Beide mussten unwillkürlich anfangen zu lachen.

Punkt zwölf Uhr trafen sich die vier vor dem Britzer Garten im Berliner Süden. Der Park bietete so einige Möglichkeiten. Die vier jedoch bezahlten ihren Eintritt und gingen geradewegs zur sogenannten "ruhigen Mitte". Vor ihren Augen lag nun eine wunderschöne und große Seenlandschaft. Ein Ort an dem man ganz gemütlich die Seele baumeln lassen konnte. Auch wenn die Berliner Innenstadt ein Tarum war, war es auch stets ganz schön, mal einen ruhigeren Ort aufzusuchen.

Es wurden zwei große Decken ausgebreitet und ein wenig Musik angemacht.

Leila ließ sich langsam nach hinten auf die Decke sinken.

"Oh Leute, ist das nicht traumhaft. Der Himmel ist strahlend blau und die Sonne so schön warm.".

"Du bist heut so überaus gut gelaunt. Gibt es irgendwelche guten Neuigkeiten?", feixte Sarah.

"Nein, ich genieße einfach nur das Leben.", strahlte sie.

Sarah blickte wissbegierig zu Joey, doch auch der schüttelte einfach nur den Kopf und hob ahnungslos seine Arme zur Seite.

"Wenn du so gut gelaunt bist, bekomme ich dann auch einen Kuss?" Joey legte sich über Leila und wartete sehnsüchtig.

"Wenn du lieb darum bittest, dann vielleicht."

"Darf ich die gnädige Frau küssen? Achso...bitte."

Leila nickte und schloss die Augen. Sie kicherte und bewegte ihren Kopf nicht einen Milimeter.

Pete und Sarah verstanden das alles nicht so ganz und mussten vor Heiterkeit prusten.

"So läuft das also bei euch. Da möchte man sich gar keine anderen Szenarien vorstellen." Pete lachte lauthals und seine Freundin tat es ihm gleich.

Joey wandte sich kurz von Leila ab.

"Ach, ihr seid doch nur neidisch."

"Denkst du. Ich muss nicht erst bei Sarah fragen.", entgegnete er und küsste sie auch schon innigst.

"Ihr seid echt zwei Kindsköpfe.", rief Leila.

Es war ein wahrhaftig toller Mittag gewesen, der sich bis in die ersten Abendstunden zog. Es wurde viel über Gott und die Welt gesprochen, gelacht und sich gegenseitig geneckt.

Während sich Sarah und Leila einige Zeit lang an den Wasserrrand verzogen hatten, um das ein oder andere Frauengespräch zu führen, unterhielten sich Pete und Joey etwas über die Choreographie für den Wettkampf in Hannover. Deren Training war derzeit in vollem Gange. Ab und an fielen ihre Blicke natürlich zu den Mädels und diese erfüllten die Männer mit Stolz. Besser hätten sie es nicht treffen können, dachten sich beide.

Auch die Damen waren sehr glücklich darüber, wie alles gelaufen war, auch wenn Leila noch immer nicht damit rausrücken wollte, was das nun genau mit ihr und Joey war.

Eine Beziehung? Der Beginn davon? Oder einfach nur ein kleines Techtelmechtel?

Wie dem auch sei, freute sie sich für Leila und würde sie weiterhin nicht zu Details drängen.

"Oh, eine Schulgruppe.", bemerkte Sarah.

Die knapp zehnköpfige Truppe kam näher in ihrer Richtung und platzierte sich etwa fünf Meter entfernt von ihnen auf der Wiese. Man hörte den Lehrer sagen, dass sie nun eine Stunde zur freien Verfügung hatten. Nicht untypisch, dass sich die Jugend von heute dann am liebsten faul hinsetzten, um unter anderem mit ihren Smartphones zu spielen.

Der Lehrer gab Zeit und einen Treffpunkt für später an und ging daraufhin davon.

"Das waren noch unbeschwerte Zeiten.", schwelgte Leila in Erinnerungen.

"Du warst sicher auch nicht die bravste Schülerin, kann ich mir vorstellen.", gab Joey von sich.

"Wer weiß. Anständiger als du war ich allemal. Da bin ich mir sicher.", lachte sie.

"Das hat gesessen.", griente er.

"Was ist eigentlich mit dir, Sarah? Streber, Einzelgänger? Ein Klassenclown warst du sicher nicht.", fragte er nun sie neugierig.

"Ich war eigentlich zweiteres. Ein kleiner Einzelgänger. Habe um ehrlich zu sein viel Zeit mit Tagträumen verbracht und wurde im Unterricht so einige Male ermahnt, da ich schon zu dieser Zeit sehr gerne gemalt habe.", antwortete sie in die Runde.

"Letztendlich hat es sich ja sogar für dich ausgezahlt.", erwiderte Pete.

Nun schaltete sich auch Leila mit ein. "Apropos ausgezahlt. Hast du schon neue Zeichungen parat, Sarah?"

"Ich bin dabei, versprochen." Sarah fühlte sich etwas ertappt.

"Ich wollte dich auch nur noch einmal dezent darauf hinweisen. Ich würde die Fläche im Januar nur ungern an jemand anderen abgeben."

"Ich versuche wirklich eisern bei der Sache zu bleiben und mich ran zu halten.", versprach sie und zwinkerte ihrer Freundin zu.

"Nicht das Pete dir keine kreative Zeit mehr gönnt und ich zu sehr ablenkt.", mischte sich Joey wieder frech ein.

"Ich gönne ihr wohl diese Zeit. Bin ja oft genug am Trainieren.", verteidigte er sich.

"Nein, nein. Es liegt wirklich ganz an mir selbst. Ich war in letzter Zeit schon ziemlich faul."

Wie aus dem Nichts kam plötzlich eine Frisbee in die Mitte der vier und prallte unsanft an Joeys Stirn. Er wusste prompt gar nicht wie er reagieren sollte und hielt sich die Hand vor das Gesicht.

"Das war Karma.", grinste Pete und die Mädels mussten sich ein Lachen verkneifen.

"Alles gut bei dir?" Leila legte einen Arm um ihn und wirkte leicht ironisch.

Ein junges Mädchen der Schulgruppe, sie waren vielleicht in der achten Klasse, kam mit hochrot angelaufenem Gesicht angerannt.

"Das tut uns echt verdammt leid. Ist denn alles okay?", fragte sie voller Bestürzung.

Pete reichte ihr die Scheibe, während er noch immer kicherte.

"Alles gut. Er hat einen Dickschädel.", beruhigte er sie, indem er für seinen Kumpel antwortete.

"Ha, ha.", gab der nur trotzig zurück und musste selbst etwas grinsen.

"Kommt nicht wieder vor. Sorry nochmal.", entschuldigte sie sich ein weiteres Mal und ging hurtig wieder zurück.

"Warum so rot, Lisa?", fragte ein Mädchen.

"Bist wohl schüchtern, was?", ärgerte sie ein Junge.

"Das arme Ding.", sagten Pete, Joey, Sarah und Leila im Chor und nun brachen alle in Gelächter aus.

Die zwei Pärchen verließen knapp vor fünf Uhr abends den Park und hatten spontan beschlossen noch in eine Pizzaria zu fahren. Sie fanden, dies war der perfekte Ausklang für diesen schönen Tag gewesen. Nach ihrem gemeinsamen kleinen Dinner gingen sie wieder getrennte Wege. Während Leila und Joey noch spontan ins Kino gehen wollten, beschlossen Sarah und Pete es sich bei ihr noch etwas auf der Couch gemütlich zu machen. Einfach die Zweisamkeit bei einem Gläschen Wein genießen.

Kapitel 16

Während Sarah und Leila sich heute einen ausgiebigen Shoppingtag gönnten, entschlossen sich Pete und Joey dazu, einen Männernachmittag zu machen.

Sarah und Pete sahen auch ein, dass es langsam mal wieder an der Zeit war, intensiv ihre Freundschaften zu pflegen. Alle sahen sich zwar noch ziemlich regelmäßig, doch meistens viel zu kurz.

Da sich im Nachhinein auch herausstellte, dass Leila und Joey nicht nur noch ungezwungen Zeit miteinander verbringen wollten, sondern die Chemie nach einigen Treffen doch sehr gut zu stimmen schien, wurden ebenfalls einige Verabredungen in so manche Doppeldates umgestaltet.

"Mike nimmt uns derzeit ganz schön hart ran.", schnaufte Joey, als die beiden Männer quer über den Alex gingen, um zu Pete´s Wohnung zu gelangen.

"Naja, es ist schon wieder Juni und im November ist das große Battle.", entgegnete Pete gelassen. "Und im September ist schließlich auch der Wochenendwettkampf."

"Stimmt ja, den hab ich irgendwie ganz vergessen. In Hannover war das, oder?", fragte Joey ernsthaft.

"Ja, in Hannover. Deine Gedanken spielen sich wohl derzeit auch eher woanders ab.", neckte Pete.

"Nein, ich bin vollkommen bei der Sache." erwiderte er halbsicher.

"Leila ist doch auch echt ganz in Ordnung."

"Sie ist keck, selbstständig, definitiv keine Tussi und man kann echt lustige Zeiten mit ihr haben."

"Solche Komplimente habe ich dich ja lange nicht mehr über jemanden geben lassen hören. Respekt. Leila scheint dich wahrlich zu faszinieren."

"Irgendwie schon. Ich finde es toll, dass sie nicht klammert. Doch ich glaube auch, dass sie das von mir auch nicht wollen würde. Wir sehen uns zwar nicht so oft wie du und Sarah, doch wenn wir uns dann treffen, ist es nie langweilig."

"Hey, bei Sarah und mir ist es auch nicht langweilig, ja."

"Du weißt schon, wie ich das meine." Joey rempelte ihn aus Spaß.

"So, ich werd mir nur mal rasch was anderes anziehen und dann kann es auch schon weitergehen. Wollen wir uns dann hier auf den Platz an die Bar setzen?"

"Klingt gut. Hauptsache ein kühles Bier, doch vorher müsste ich unbedingt mal deine Toilette benutzen."

Die beiden gingen den Hausflur des Mehrfamilienhauses nach oben und in den zweiten Stock. Joey voran und Pete hinterher.

"Hey Alter, hast du vergessen deine Haustür abzuschließen?"

"Nein, habe ich nicht."

"Sie steht auf jeden Fall offen.", versichterte Joey skeptisch.

"Wow, Süße. Das Kleid sieht echt Hammer aus.", bewunderte Sarah ihre Freundin.

Leila drehte sich nach rechts und wieder links im Spiegel. Sie hatte ein bordeauxfarbenes, knielanges Seidenkleid an, welches an der Taille gerafft und am Dekolleté mit zarter Spitze versehen war.

"Hat was, nicht wahr und es ist auch noch runtergesetzt. Wäre doch supi für meine nächste Vernissage."

"Ich sage dir...kauf es, sonst wirst du es bereuen. Und, nächste Vernissage?"

"Ach ja, damit wollte ich dich überraschen. Ich habe da ein schwules Pärchen kennen gelernt und ich sag dir, die beiden sind echt zum Anhimmeln."

Leila ging wieder in die Kabine hinein, um sich in ihre Alltagsklamotte zu werfen.

"Das ist ja wunderbar. Was wollen sie denn ausstellen?" Sarah schaute sich weiter bei den Kleiderständern um.

"Naja, sie sind beide Fotografen und ihr Schwerpunkt liegt auf detaillierten Portraits. Also sozusagen Gesichter mit Tiefgang oder so ähnlich."

"Klingt aber interessant, muss ich sagen. Habt ihr schon einen Termin dafür?"

"Wir sind gerade noch im Gespräch und planen eine gute Aufmachung dafür. Ich bin ja für eine sehr dunkel gehaltene Raumatmosphäre und über den Bildern werden je zwei zierliche Scheinwerfer gehangen. Was denkst du darüber?

"Wenn ich es mir so vorstelle, dann klingt es wirklich sehr gut. Das verleiht dem Ganzen mehr Intensität. Ich persönlich würde dann jedoch weiße Möbel oder ähnliches in den Raum stellen. Nur das es am Ende nicht zu düster rüberkommt."

"Guter Vorschlag. Den werde ich beim nächsten Treffen mit Karl und Dieter gleich ansprechen."

Leila kam wieder auf die Fläche heraus und suchte ihre Freundin, die gerade ein schwarzes Kleid inspizierte.

"Du weißt schon, dass ich dich und Pete dann auch einladen werde. Was ebenso bedeutet, dass du etwas schickes in deinem Kleiderschrank benötigst. Das

Silvesterkleid wird nicht dort getragen, auch wenn es hübsch ist."

Leila sprach es deshalb an, da Sarah ihren Look eher auf schlicht und leger setzte. Eine Art Abendkleid war wohl sicher nicht in ihrem Schrank zu finden.

"Dann schauen wir uns doch einfach noch etwas um. Vielleicht werden wir auch noch für mich fündig."

"Das wollte ich hören.", grinste sie breit und beide begannen weiter zu stöbern.

"Wirst du Joey dann eigentlich auch eine Einladung geben?"

"Ähm...gut möglich." Sie hielt das Kleid noch einmal in voller Länge nach oben. "Schließlich kann er hierin gut sehen, was er bekommen könnte."

"Du sprichst doch nicht etwa davon, eine feste Beziehung einzugehen?"

"Vielleicht, vielleicht auch nicht. Er engt mich in keinster Weise ein und das gefällt mir einfach. Ich dürfte immer die Arbeit an erste Stelle rücken und er wäre keinesfalls böse."

Sarah traute ihren Ohren kaum. Ihre Freundin schien sich doch leicht verguckt zu haben und dies auch noch in den besten Freund ihres Freundes. Da sie wusste, dass Leila es nicht mochte, bei diesen privaten Dingen zu sehr ins Detail zu gehen, außer es kam ganz allein von ihr, hielt sie sich nun zurück.

Innerlich jedoch sprang ihr Herz vor Freude. Dieses Jahr lief bisher so wunderbar und konnte kaum noch besser werden.

"Was für eine Scheiße ist denn hier passiert?", fluchte Pete wütend, nachdem sie durch die offene Tür gingen und er sich in seiner kleinen Wohnung umsah. Beide gingen vorsichtig den schmalen Flur entlang, von dem aus es rechts ins Schlafzimmer und links in das Bad ging. Etwas weiter ging es zur Rechten in eine kleine Küche und geradeaus durch ins Wohnzimmer. Es schien keiner weiter außer ihnen in der Wohnung zu sein.

Im Bad war alles aus den Schränken geholt und auf dem Boden verteilt worden. Die Matratze des Bettes lag quer auf dem Gestell, da dies komplett auseinander genommen worden war und Pete´s größte Investion, eine große Spiegelwand im Wohnraum, war komplett zertrümmert. Ein kleiner Teil hang mit Rissen im Glas noch an der Wand und der Rest war in halbgroßen Stücken auf dem dunklen Laminat verteilt.

Hier sah es definitiv nicht nur nach einem Wohnungseinbruch aus, sondern eher nach dem Schauplatz einer heftigen Wutattacke.

"Also, da Sarah deine Wohnung eh noch nie gesehen hat...Ich denke, jetzt brauchst du sie ihr auch nicht mehr zeigen.", sprach Joey die Worte aus ohne weiter darüber nachzudenken. Erleichterter wirkte sein Kumpel daraufhin nämlich auch nicht.

Pete war im ersten Moment vollkommen ratlos. Mit geschockter Miene schaute er sich nochmals Raum für Raum an und wollte dieses Disaster nicht glauben.

"Ich will einfach nur wissen, welche Mistratte das hier war. Warum gerade meine Wohnung?"

"Fehlt denn irgendwas?", rief Joey fragend vom Wohnzimmer aus in die Küche.

"Sieht im Moment nicht danach aus. Es herrscht nur übelstes Chaos!" Voller Wut trat Pete gegen die Küchentheke.

"Pete, komm mal ins Wohnzimmer."

"Was ist?"

Joey hatte den langen braunen Vorhang vor der Balkontür zur Seite geschoben und weiste mit einem Blick in Richtung der Scheibe.

Mit fetten, schwarzen Buchstaben stand dort: **MIT DEN ALLERBESTEN GRÜßEN!**

Pete´s Gesicht lief rot an und seine Hände ballten sich zu Fäusten.

"Denkst du nun auch, was ich denke!?", mutmaßte Joey.

"Tom."

"Zuzutrauen wäre es ihm. Doch warum jetzt?"

"Ich sagte dir doch, dass er sich an mir rächen wird. Er war es 100%ig."

"Okay, flipp jetzt erstmal nicht aus. Ich rufe die Polizei und du sagst den Mädels Bescheid. Sie würden sicher gerne informiert werden."

Nachdem die Mädels von Pete durch ein knappes Telefonat über das Geschehen informiert worden waren, machten sie sich kurzerhand auf den Weg zu seiner Wohnung. Als Sarah und Leila eintrafen, war die Polizei gerade wieder dabei zu gehen. Die Beamten würden sich in den nächsten Tagen nochmals melden und vorerst genommene Fingerabdrücke untersuchen.

"Hey..." Sarah legte mitfühlend ihre Hand auf Pete´s Rücken.

Leila schaute sich wissbegierig in den vier Räumen um und kam wenige Minuten später zu den anderen dazu.

"Da hat jemand ganze Arbeit geleistet. Was hat die Polizei denn gesagt?", wollte sie wissen.

"Wir müssen erstmal abwarten. Sollen die Mitmieter fragen, ob ihnen etwas ungewöhnliches aufgefallen ist.", antwortete Pete knapp.

"Wer bitte bricht denn mitten am Tag irgendwo ein?", fragte nun Sarah.

Ohne ihrer Frage viel Beachtung zu schenken, griff Pete zu seinem Handy und wählte.

"Wen rufst du denn jetzt an?"

Pete winkte Joey erst einmal ab und bittete damit um Geduld.

"Shit, seine Nummer existiert nicht mehr." Pete knallte sein Handy auf den kleinen Wohnzimmertisch.

"Wer?", kam wieder eine Frage von Sarah.

"Ach, Tom. Ein ehemaliger Teamkollege von uns."

"Selbst wenn er die Nummer noch hätte, denkst du wirklich er würde bei dir ran gehen?!", gab Joey prustend von sich.

"Ich verstehe jetzt nur noch Bahnhof.", äußerte sich Leila.

"Ich ebenfalls.", stimmte Sarah zu.

"Lasst uns erstmal hier raus, dann erzählen wir euch von ihm.", bestimmte Pete.

Er schloss die Tür zu, sofern es noch möglich war und sie vier gingen wieder auf den Alexanderplatz.

Dort angekommen setzten sie sich auf eine Terrasse einer Gaststätte und bestellten sich Getränke.

"Also, wer bitte ist denn nun dieser Tom genau?", wollte Sarah endlich wissen.

"Tom war bis zum letzten Jahr bei uns in der Tanzgruppe.", begann Pete. "Wir haben uns eigentlich noch nie gut verstanden. Tom war schon vor meiner Zeit dort und nun ja, ich habe ihn dabei erwischt, wie er auf dem Gelände Drogen verticken wollte und ihn danach verpfiffen. Die Polizei hat ihn während der Tanzstunde überrascht und mitgenommen."

"Ihr hättet sein Gesicht sehen sollen.", spottete Joey fast. "Seitdem haben wir nichts mehr von ihm gehört und er war auch nicht mehr bei Mike gewesen, ebenfalls um zu fragen, ob er wieder einsteigen kann."

"Das bedeutet also, dass er ein Drogenheini ist, wenn ich das richtig verstehe.", fragte Leila.

"Er war oft genug stoned beim Training gewesen. Das definitiv.", antwortete Joey ihr.

Nun meldet sich auch Sarah wieder zu Wort und richtete sich an ihren Freund.

"Und du denkst jetzt, dass er sich nach circa einem halben Jahr an dir rächen wollte. Indem er deine Wohnung verwüstet?!"

"Verwüstet? Die ist komplett zerstört!", brach es laut aus ihm heraus.

Sarah zuckte zusammen und hatte kurz Angst, überhaupt noch etwas dazu zu sagen.

"Sorry, Schatz. Ich bin gerad nur so geladen. Ich wollte das nicht an dir auslassen." Pete gab ihr gleich einen versöhnenden Kuss auf die Wange.

Leila jedoch machte diese aufbrausende Art herzlich wenig aus.

"Okay, nehmen wir mal an dieser Kerl war es wirklich. Wenn ja, dann bedeutet es, dass er auf jeden Fall noch oder wieder hier in Berlin ist und dies mit einer Stinkwut auf Pete.

Vielleicht ist das Thema somit auch für ihn abgehakt. Irgendwie können wir deine Wohnung mit Teamgeist schon wieder richten. Vielleicht aber, findet die Polizei auch noch heraus, dass es sich einfach nur um einen Einbruch in eine Wohnung handelt und es ist reines Zufallsdenken."

Alle waren einen kurzen Moment still und grübelten darüber nach. Joey stimmte Leila zu.

"Ja, womöglich hat sie sogar recht. Nun heißt es so oder so, abwarten. Und nur, weil der Spiegel in mehrere Einzelteile zerlegt worden ist, bedeutet das nicht, dass deine Wohnung zerstört ist und dein Bett bekommen wir auch wieder hin. Die Frauen fegen und wir kaufen einiges neu und handwerkern."

Die zwei Mädels schauten grimmig zu Joey und er hatte es damit zumindest etwas geschafft, dass auch Pete ein wenig Lächeln konnte.

"Ich würde sagen wir zwei gehen einfach ein paar Sachen holen und bis alles wieder in einem guten Zustand ist, bleibst du einfach bei mir. Einen Zweitschlüssel besitzt du sowieso schon und wenn es mir zu viel wird, dann quartier ich dich einfach auf die Couch aus.", bot Sarah ihrem Freund freundlich an.

"Gute Idee, ihr hängt doch eh nur noch aufeinander.", witzelte Joey und bekam dafür einen Hieb von Leila in die Seite.

"Danke, aber ich werde mich doch lieber gut benehmen. Im Bett schläft es sich doch viel besser." Pete zwinkerte ihr zu.

Sarah und Pete küssten sich daraufhin und Leila und Joey fühlten sich dadurch irgendwie angesteckt. Gleich danach bemerkten sie, dass sie sich gerade zum ersten Mal in der Öffentlichkeit ihre Zuneigung gezeigt hatten und mussten schüchtern lachen.

Mit diesem Tage hatte Tom´s Racheakt begonnen. Zwar wollte er sein Augenmerk auf Pete´s Freundin lenken, doch er fand die Idee mit seiner Wohnung einfach viel zu genial. Pete sollte wissen, dass er weiterhin in Berlin wäre und seine Verhaftung nicht ohne weiteres hinnehmen würde.

Nun musste er sich über sein weiteres Vorgehen Gedanken machen. Wie nur, würde er an die Frau herankommen? Ob sie denn schon wusste, wer er war. Doch selbst wenn, dann wusste sie sicher nicht wie Tom eigentlich aussehen würde. Er musste einen Plan schmieden, um sie irgendwie um den Finger wickeln zu können. Tom musste sie unbedingt weiterhin im Auge behalten. Besser gesagt, beschatten.

Finanzielle Rücklagen hatte Tom kaum noch. Tag für Tag verbrachte er in seiner kleinen Wohnung und ging fast nur hinaus, um sich etwas Stoff zu verschaffen. Er musste in Hinsicht der Qualität sehr zurück stecken. Denn würde er zu teure Ware kaufen, dann könnte er sich bald nichts mehr leisten und ein eigener Entzug war sicher nicht das, was er jetzt oder gar irgendwann wollte.

Lediglich ein Vormittag ohne zumindest einen Joint, brachten ihn dazu vollkommen nervös zu werden und sein Körper begann zu zittern und schwitzen. Auch sein Boxsack musste täglich so einige Faustschläge einstecken und immer war es Pete, den er da in Gedanken vor sich sah.

Tom´s Wut war nicht mehr zu erklären. Im Grunde genommen hatte er, seit seiner Entlassung, ziemlich krankhafte Züge an den Tag gelegt. Er hätte sich jene Hilfe suchen sollen die er brauchte, bevor es zum jetzigen Zeitpunkt schon fast zu spät geworden war.

Kapitel 17

Heute

Einige Tage nach dem Einbruch bei Pete gab es ein kurzes Telefonat mit einem Polizeibeamten, der ihm leider mitteilen musste, dass es keinerlei erkenntliche Fingerabdrücke gab. Es konnte lediglich ein Einbruch in seine Wohnung bestätigt werden und ob es nun Tom war, das konnte Pete selbst nur spekulieren. Tom hatte laut Polizei einige Einträge dort, doch diese hatten stets mit Drogenhandel und Körperverletzung zu tun. Um ihn in Pete´s Angelegenheit zu verhören, gab es nicht genug Beweise.

Er musste es also offen lassen und schlussendlich abwarten, ob noch weitere Dinge geschehen würden. Auch wenn er gut darauf verzichten konnte.

Sarah und Pete waren zwar noch kein halbes Jahr zusammen, doch beschlossen nach jenem Vorfall, letztendlich auf´s Ganze zu gehen und zusammen zu ziehen. Beide taten dies mit einem guten Gefühl und freuten sich schon darauf, herauszufinden wie es sein würde. Sie verbrachten eh stets so viel Zeit miteinander und da dachten sie sich, dass es gerade deshalb gar keinen so großen Unterschied machen würde. Und nun war schon ein Monat vergangen und alles lief bestens.

Sarah und Pete kamen schnell in einen gemeinsamen Rhythmus hinein. Morgens saßen sie oft bei einem kleinen gemeinsamen Frühstück zusammen, außer Pete musste frühzeitig ins Training und war er dort, dann widmete sie sich ihrer Malerei.

Der Sommer tat ihr dabei sehr gut. Wenn die Sonne schien und durch das Fenster fiel, kamen ihr meist richtig gute Einfälle. Es war einfach um so vieles inspirierender, als wenn es draußen grau und verregnet war. Sarah war in dieser Hinsicht sehr stimmungsabhängig. Auch Pete konnte dies des öfteren am eigenen Leib erfahren, da es sich auch gerne auf ihre Laune auswirkte. Jedoch war er sehr gut darin, seine Freundin dann zu besänftigen. Gerade wenn er es mit körperlicher Ablenkung versuchte.

Sarah mochte es ihren Liebsten an manchen Abenden zu bekochen. War sie in dieser Sache auch keine Meisterin, musste sie sich selbst loben, wenn es Essen für Essen immer besser zu werden schien. Gelegentlich machten sie auch gemeinsame Filmabende mit Leila und Joey, trafen sich dort zum Essen oder saßen einfach nur zu viert auf dem großen Balkon. Sarahs Wohnung war zu einem richtigen Treffpunkt geworden und Sarah war sich zurück blickend immer wieder sicher. Die Entscheidung, welche sie vor Jahren traf, hierher nach Berlin zu ziehen, war die beste ihres Lebens.

Nachdem Sarah ihren Eiskaffee getrunken hatte, ging sie wieder nach drinnen, um ihrem Bild den letzten Schliff zu geben. Es war endlich geschafft. Sie war eisern geblieben und nun zeigte sich auf ihrer Leinwand keine freie Stelle mehr. Sie war verblüfft davon, dass ihre Idee mit dem Brandenburger Tor, der Tanzgruppe und das Szenario, dass sie in der linken Ecke in jenem Moment die Aufführung zeichnete, so geworden war, wie sie es sich anfangs vorgestellt hatte. Sie war schon ganz aufgeregt, zu erfahren was Leila dazu sagen würde. Schließlich lag ein großer Teil bei ihr, um es auch wirklich auszustellen. Sarah sagte immer zu ihr, dass sie in dieser Hinsicht keine freundschaftlichen Vorzüge bekommen wollte. Leila sollte ehrlich sein. Im Grunde genommen, was die Bilder anging, knallhart. Würde ihr etwas nicht gefallen oder sie war sich sicher, dass jene Zeichnung nicht in ihre Galerie passte, dann sollte sie es ihr ins Gesicht sagen. Für die beiden war das sozusagen eine Trennung zwischen privat und geschäftlich.
Sarah war wieder ganz bei der Sache. Sie hatte ganz vergessen, wie viel Spaß ihr das Malen immer gemacht hatte und deshalb stellte sie das fertige Bild

zu den anderen in das Schlafzimmer und holte sich eines, welches sie vor langer Zeit einmal angefangen hatte. Sie stellte die Leinwand auf die Staffelei und setzte sich davor auf den Stuhl. Mit dem Pinselende zwischen den Lippen und grübelnd, dachte sie darüber nach, was genau sie hier vorgehabt hatte. Viel war nämlich noch nicht auf darauf zu sehen. Es war etwas emotionales gewesen, da war sie sich sicher und dann kam es ihr auch schon in den Sinn. Skizziert war eine Straße und drei Hunde, welche etwas voneinander entfernt waren. Das Bild sollte von Straßenhunden handeln und nun wusste sie auch wieder, was es ihr dabei schwer gemacht hatte. Jeder weiß, was den Straßenhunden in anderen Ländern passieren kann, werden sie nicht von Tierschützern davon gerettet. Sarah war sich hierbei noch nicht ganz so sicher, wie sie dies am besten auf die Leinwand bringen sollte. Sie wollte kein komplettes Horrorszenario darstellen, dies war auch so gar nicht ihre Art gewesen. Ihr musste irgendeine Idee kommen, wie sie darauf zeigen konnte, dass die Hunde es in keinster Weise leicht haben und es wert sind, genauso geliebt zu werden wie andere Vierbeiner. Kein Tier war es wert, nicht beachtet oder gar wegen Überzüchtung einfach auf brutalste Art und Weise umgebracht zu werden.

Sarah steckte sich Kopfhörer in die Ohren, schaltete etwas seichte Musik an und ließ sich nach hinten auf die Stuhllehne sinken. Sie betrachtete die Leinwand und versuchte ihre Gedanken über dieses Thema fließen zu lassen.

Sarah war sehr sprunghaft, das wusste sie. Viele Bilder, die sie gemalt hatte, darunter auch das Brandenburger Tor und die Frau am Fenster, passten grob genommen kein bisschen zusammen. Doch für sie war das normal. Sie wollte sich diesbezüglich nie festlegen. Sah sie irgendetwas in der Öffentlichkeit oder einen interessanten Beitrag im Fernsehen - so war es auch mit den Straßenhunden – dann kam ihr eine Idee, welche sie unbedingt umsetzen wollte. Dies war jedoch auch ihr Ziel gewesen, sollte sie einmal die langersehnte eigene Vernissage bekommen. Sarah wollte keinesfalls in eine Schiene geworfen werden. Nicht das sie etwas gegen solche Maler oder auch Fotografen auszusetzen hatte, auf keinen Fall, doch sie wollte verschiedene Themenbereiche erschaffen. Von Portraits bis hin zu ganz individuellen Szenarien. Das war ganz ihres gewesen und anders wollte sie es somit auch nicht. Ihre Freundin wusste das und stand hierbei auch ganz hinter Sarah.

Aus Trotz wollte sie sogar schon einmal eine Art Abendessenszene malen, wie jene Momente, in denen sie mit ihren Eltern zusammen saß und sie nichts über ihre Malerei erfahren wollten. Sarah machte es traurig, dass ihre Eltern nicht ein einziges Mal, wie versprochen, zu ihr zu Besuch gekommen waren. Sie lebte nun vier Jahre hier und der Kontakt blieb hauptsächlich durch Telefonate, welche einmal in zwei Wochen zustande kamen, aufrecht erhalten. Anfangs nahm sich Sarah sogar noch die Zeit und fuhr trotz wenig Einkommen zu ihnen nach Hause, doch irgendwann sah sie es von sich aus nicht mehr ein. Da konnte sie ein Sturkopf sein. Jedoch sagten sie ihr einmal ehrlich, dass sie nicht daran geglaubt hätten, dass sie es schaffen würde und deshalb sehr stolz auf sie waren. Sarah besänftigte dies zumindest etwas und gab die Hoffnung nicht auf, dass ihre Eltern doch einmal den Weg hierher schaffen würden und sich das neue Leben ihrer Tochter etwas ansehen würden.

"Ich bin zu Hause.", hauchte es in Sarahs Ohr, nachdem ihr Pete einen Ohrenstöpsel herausgenommen hatte. Sie erschrack etwas.

"Hey, ich hab dich gar nicht reinkommen hören.", lächelte sie und gab ihm einen Begrüßungskuss. Sie schaltete daraufhin die Musik aus und legte alles beiseite.

"Das Bild mit den Straßenhunden?" Pete deutete mit dem Kopf darauf.

"Ja, doch ich weiß noch nicht so ganz wie.", gab sie zurück.

"Das bekommst du schon hin. Da bin ich mir absolut sicher."

"Wenn du das sagst." Sarah zog die Augenbrauen leicht nach oben und wechselte auch schon das Thema. "Wie war das Training?"

"Naja, Mike will es ganz schön wissen, aber am Wochenende haben wir ne kleine Pause bekommen. Das wird wahrscheinlich das letzte freie Wochenende vor dem Wettkampf sein.", antwortete er und ging wieder auf seine Freundin zu.

"Ich habe mir überlegt ein kleines Bad zu nehmen. Vielleicht erlaubt es dir deine Zeit und du begleitest mich?" Pete küsste sie am Ohrläppchen und dann den Hals hinunter.

"Wie kann ich da nur nein sagen. Ich komme gleich nach."

"Das wollte ich hören." Pete strahlte und ging auch schon davon.

Keine Minute später hörte man, wie das Wasser begann in die Badewanne zu laufen. Sarah ging in die

Küche und schenkte zwei kalte Eistee in die Gläser, um sie für beide mitzunehmen.

"Vielleicht können wir ja dann am Wochenende noch etwas gemeinsames unternehmen?", fragte Sarah, die mit dem Rücken auf Petes Oberkörper lag und währenddessen mit den Händen über seine Oberschenkel streichelte.
"Ja, das könnten wir überlegen. Lass uns das spontan entscheiden, okay?!"
Pete massierte ihr zärtlich die Schultern und küsste ihre Wange.
Sarah fand, dass Pete derzeit oft etwas kurz angebunden war. Sie fragte sich, ob das an dem Training lag, die Aufregung wegen dem Tanzbattle oder noch immer an dem Einbruch in seine alte Wohnung. Auf Tom wollte sie ihn nur ungern ansprechen. Sie wusste, dass ihn dieses Thema schnell reizen ließ und deshalb mochte sie es ungern riskieren und unterließ es mit ihm darüber zu reden. Sie redete sich einfach ein, dass es nach Hannover sicher wieder besser werden würde und versuchte ihm seine Auszeiten so gut es ging, zu verschaffen. Sie kümmerte sich um den Haushalt, kochte und begann mehr und mehr im alles recht zu machen. Doch dies geschah eher unbewusst. Irgendwann fiel

ihr auf, dass er nur noch an sich zu denken schien und ebenfalls wirkte es, als hätte er sich viel zu schnell daran gewöhnt, dass er in der Wohnung kaum einen Finger rühren musste.

Kapitel 18

Ein paar Wochen später trafen sich Sarah und Leila nach langer Zeit mal wieder auf einen Kaffee am Prenzlauer Berg. Es war ein heißer Tag im August und sie hatten Glück noch einen Tisch unter einem Sonnenschirm zu ergattern.

"Süße, du siehst etwas unzufrieden aus oder täusche ich mich da?", tastete sich Leila an ihre Freundin heran und hielt ihren Kopf leicht schräg.

"Sag mal, ist Joey auch so komisch in letzter Zeit?", fragte sie daraufhin entgegnend.

"Wie meinst du das, komisch?"

"Naja, als wäre er vor dem Wettkampf etwas aufgeregt oder gestresst vom Training."

"Kann ich jetzt so nicht sagen. Wir zwei wohnen ja widerum auch nicht unter einem Dach."

"Mmh..."

"Was ist denn los mit dir? Oder sollte ich besser fragen mit Pete und dir?"

"Ich weiß auch nicht. Er ist einfach so, wie soll ich sagen, ich bezogen in letzter Zeit?"

Sarah nutzte die Gelegenheit, sich bei ihrer Freundin alles von der Seele zu reden.

"Ich kümmere mich um alle anfallenden Arbeiten zu Hause, sei es putzen, kochen, einkaufen gehen. Will ich ein wenig Zweisamkeit mit ihm verbringen, ihn vielleicht sogar verführen, dann ist er immer zu müde. Aber wenn er Lust hat, dann sollte ich bloß nicht nein sagen, dann ist er eingeschnappt. Es geht nur noch um ihn." Der letzte Satz brach fast etwas lautstark aus ihr heraus.

"Vielleicht solltest du ihn mal darauf ansprechen. Ich meine jetzt nicht, was ihn bedrückt oder so, sondern dass er trotz Arbeit und Stress mit anpacken sollte. Ein gemeinsamer Haushalt besteht nun mal aus Verpflichtungen."

"Und damit einen Streit riskieren?"

"Nun gut, du kannst es natürlich auch so weiterlaufen lassen und irgedwann fühlt er sich dann wie ein Pascha.", entgegnete Leila direkt und mit vorwurfsvollem Blick.

"Du hast ja recht. Das Problem ist auch, dass ich stets kurz vor dem Platzen bin. Ich glaube noch etwas, das mir gewaltig gegen den Strich geht und dann...", schmollte sie.

"...und dann knallt es eben mal. Jede gute Beziehung übersteht so etwas und manchmal ist es auch gesund."

"Okay, ich denke drüber nach. Danke." Sie lächelte ihrer Freundin zu.

"Immer wieder gerne.", lächelte sie zurück.

"Gibt es bei dir was neues? Was ist eigentlich mit der Vernissage von deinem Pärchen?"

Leila begann zu strahlen.

"Ich wollte es zwar noch etwas zurückhalten, doch es sieht gut aus. Wahrscheinlich Ende November, Anfang Dezember."

"Also hast du den Auftrag?", fragte sie erwartungsvoll.

"Zu neunzig Prozent. Sie waren von der Idee mit den Möbeln und Lichteinflüssen ebenfalls hellauf begeistert."

"Oh, das ist ja super. Meinen Glückwunsch."

"Danke, danke und weißt du was?! Wir beide werden es bei einem Mädelsabend feiern, okay?", kicherte sie.

"Nur wir? Was ist mit den zwei Models?", fragte sie schämenhaft.

"Die zwei haben uns an Silvester so im Stich gelassen, da hätten wir dort auch von vorne herein alleine gehen können."

"Und wohin soll es gehen und wann?"

"Ich würde sagen mal wieder in irgendeinen Club und wir zwei gehen einfach an jenem Abend, an dem die Männer ihren Auftritt in Hannover haben. Abgemacht?"

"Klingt bestens. Abgemacht!"

Gegen Mittag war Sarah wieder zu Hause und Pete
wohl noch immer in der Tanzschule. Ihr ging Leilas
Argument ihnen bezüglich noch einmal durch den
Kopf. Vielleicht hatte sie recht gehabt und Sarah
sollte es bei Pete ansprechen. Einfach in einem netten
Ton und dann würde er ihr womöglich
entgegenkommen oder zumindest einsehen, dass er
sich trotz hartem Training etwas im Haushalt
beteiligen könnte. Eigentlich ging es Sarah gar nicht
so sehr rein um den Haushalt. Schließlich konnte sie
sich ihre Zeit frei einteilen und war auch öfter zu
Hause als er, doch ihrem Freund deswegen alles
hinter her räumen?! Das musste eigentlich nicht sein.
Ebenfalls wollte sie lediglich, dass er sich wieder
mehr an ihrer Person interessierte. Sarah war
ziemlich geladen, wenn sie so darüber nachdachte
und Pete musste da doch etwas aufpassen, dass sie
nicht irgendwann einmal etwas lauter werden würde.
Pete kam ungefähr eine Stunde nach ihr nach Hause
und sein kurz ausgesprochenes *Hi*, sobald er die
Haustür aufgeschlossen hatte, war sie von der letzten
Zeit schon gewohnt.
Doch als ob es das Gespräch von heute morgen auf
diesen Tag abgesehen hatte, kam es letztendlich wie
es kommen musste.

Pete stellte seine Sporttasche wie gewohnt auf dem Boden neben der Couch ab, zog seine dünne Sweatjacke aus und ließ diese quer darauf fallen.

"Hey. Wie war dein Tag?", fragte sie wie üblich, während sie an der Staffelei saß.

"Ziemlich anstrengend. Ich spring erstmal rasch unter die Dusche.", kam seine Antwort und wie üblich, fragte er nicht nach Sarahs Tag. *Klar, wie kann ich auch etwas interessantes erlebt haben, wenn ich eh meistens nur zu Hause bin*, dachte sie sich und in ihr brodelte es. Sarah versuchte sich weiterhin auf ihr Bild zu konzentrieren und abzuwarten, ob Pete eventuell gesprächiger war, wenn er frisch geduscht wieder kam.

Sarah wunderte es selbst ein wenig, dass sie derzeit so spöttisch und manchmal wütend über ihren Freund dachte, obwohl sie ihn so sehr liebte. Jedoch wollte sie sich auch nicht alles gefallen lassen. Schließlich lief es nicht erst seit gestern so ab.

Pete kam nach einiger Zeit wieder, setzte sich auf die Couch und holte sein Handy hervor. Womöglich würde er wieder etwaige Tanzvideos auf YouTube begutachten.

"Was gibt es heute zu essen?", fragte er sie nebenbei.

"Darüber habe ich mir ehrlich gesagt noch gar keine Gedanken gemacht.", gab sie zu und zeichnete weiter.

"Vielleicht findest du ja noch was brauchbares im Kühlschrank.", entgegnete er ihr.

"Vielleicht findest du ja auch noch was im Kühlschrank.", erwiderte sie etwas ernster.

"Haben wir einen schlechten Tag gehabt?", fragte er leicht mürrisch.

"Keine Ahnung, hast mich schließlich nicht nach meinem Tag gefragt." Sie wurde etwas piesig.

Pete ging nicht weiter darauf ein und stand auf, um in die Küche zu gehen. Sarah hörte wie er den Kühlschrank öffnete und dachte bei sich, dass er womöglich doch nachschaute. Jedoch kam er nur mit zwei Milchschnitten in der Hand zurück und setzte sich wieder.

"Wie wäre es mit Salat? Ist eh so warm draußen.", schlug sie vor und bemerkte, dass sie wieder dabei war, nachzugeben.

"Ach, mach dir keine Umstände, Schatz. Ich mache mir dann einfach ein Brot.", kam es als spitzes Gegenargument von ihm zurück.

An seiner Tonlage merkte Sarah, dass sie nun wieder die Böse war. Super, dachte sie sich.

Gerade als sie ihn ansprechen wollte, dafür brauchte sie einiges an Mut, stand er auf und sagte, er gehe noch etwas raus auf den Balkon. Er gab ihr daraufhin einen Kuss auf die Wange und ging davon. Die Jacke lag weiterhin auf der Couch und das Papier der Milchschnitte natürlich auf dem Tisch. Ohne etwas zu sagen, ging auch sie nun ins Badezimmer, um sich unter der Brause etwas berieseln zu lassen und sich zu überlegen, wie sie nun weiter vorgehen würde. Doch als sie nach circa zwanzig Minuten wiederkam, erledigte sich alles von allein. Pete saß nun vor dem Fernseher. Draußen stand eine leere Flasche Bier auf dem Balkontisch und sein Achselshirt lag über ihrem Bild. Jetzt war auch für sie eine Eichgrenze erreicht. Frech griff sie sich die Fernbedienung und schaltete das Gerät aus. Ihr Freund schaute sie nur mit großen Augen an.

"Sorry, aber meine Leinwand ist kein Kleiderständer.", fuhr es aus ihr heraus.

"Tut mir leid, habe ich ohne drüber nach zu denken, aus Versehen drüber gelegt. Ist ja zum Glück bisher nur mit Bleistift gezeichnet.", grinste er vor sich hin.

"Und selbst wenn noch gar nichts darauf zu sehen wäre... Es ist mein Arbeitszeug.!"

"Was ist denn mit dir? Es ist doch gar nichts passiert." Er zog die Frage mit spöttischem Unterton lang. Für Sarah war es nun vorbei.

"Was ist denn zur Zeit mit dir los?", schrie sie fast.

"Wer bin ich denn im Moment eigentlich für dich. Dein Hausmütterchen?"

Pete schaute ganz verdutzt drein und kam gar nicht erst dazu, irgendetwas zu sagen.

"Merkst du eigentlich noch, dass ich dir in den letzten Wochen einfach nur noch alles hinterher räume? Du bist schon eine Weile zu Hause und es war alles in Ordnung. Nun liegt hier deine Jacke, dein Papier auf dem Tisch und von draußen hättest du die leere Flasche auch mal schnell mit reinbringen können."

"Was ist denn dein Problem? Das hätte ich schon noch gemacht.", entgegnete er eingeschnappt.

"Ja, genau. Wahrscheinlich wie in den letzten Abenden. Die leeren Plastikflaschen neben dem Couchtisch. Die dreckigen Klamotten über den Lehnen der Küchenstühle. Hast du alles weggeräumt, nicht wahr." Sie war sichtlich wütend.

"Es tut mir leid, dass ich sehr hart arbeite und trainiere. Da vergisst man so etwas auch schnell einmal. Du bist nun mal die meiste Zeit zu Hause und da fällt dir so etwas eher auf. Ich bin, wenn ich nach Hause komme, einfach müde und möchte mich ausruhen." Auch er wurde nun etwas lauter und fühlte sich nicht im Unrecht mit seiner Äußerung.

"Schatz.", begann sie minimal ruhiger und setzte sich neben ihn. "Auch ich habe, als ich hierher gezogen bin, hart gearbeitet und Leila trotzdem im Haushalt unterstützt. Wenn man zusammen wohnt, dann muss man sich auch gegenseitig revangieren. Das ist dir schon etwas bewusst, oder?"

"Ja.", gab er kurz zurück, doch sprach nicht weiter. Er war niemand, der sich gerne mit Streitigkeiten auseinandersetzte.

"Es hat einfach was mit Verantwortungsbewusstsein zu tun und auch wenn ich dich gerne unterstütze, indem ich den Haushalt mehr übernehme und für uns beide koche, erwarte ich als Gegenleistung, dass du mir zumindest etwas entgegenkommst. Das dürfte doch wohl verständlich sein, oder etwa nicht!?"

"Ja, schon."

"Echt jetzt? Ist das wirklich alles was du dazu zu sagen hast? Und das du deine Klamotten auf meine Arbeit legst geht mal gar nicht. Wirklich nicht. Das ist mir über aus wichtig, auch wenn du dich nicht dafür interessierst."

"Was soll denn das jetzt schon wieder heißen?", rief er angewidert.

"Wann hast du mich denn zum letzten Mal gefragt, wie ich mit meiner Arbeit voran komme? Ob Leila mit meinen Bildern eine kleine Ecke in ihrer Galerie füllen würde? Wann, Schatz? Sind dir meine Interessen so egal geworden?" Sie war in voller Aufruhr, doch Pete hatte dazu keine Lust gehabt.

"Hast du jetzt all deinen Kummer und deine Wut an mir ausgelassen? Ich habe wenig Lust nach Hause zu kommen, um mich lediglich runterputzen zu lassen. Ich gehe nochmal an die frische Luft und du kannst ja in der Zeit etwas runter kommen. Das muss ich mir echt nicht geben."

"Du willst jetzt nicht ernsthaft gehen und dem Gespräch aus dem Weg gehen?"

"Was für ein Gespräch? Du redest doch gerade, als würdest du ein Referat halten wollen."

"Wenn ich von dir keinerlei normale Kommentare bekomme."

"Ach.", winkte Pete sie mit der Hand ab. Er stand auf, nahm sich das T-Shirt, welches er auf der Staffelei abgelegt hatte, um es sich über zu ziehen und ging geradewegs eingeschnappt zur Tür heraus. Sarah war baff und saß auf der Couch, als würde sie Darstellerin in einem falschen Film sein. Wie schaffte es dieser Mann immer wieder, dass sie sich am Ende schlecht fühlte. Und dies, wenn sie eigentlich im Recht war.

Es dauerte knapp zwei Stunden bis sich die Haustür wieder öffnete und Pete somit nach Hause kam. In seinen Händen hielt er eine Plastiktüte und ging damit zu Sarah, die auf der Couch saß und die

Nachrichten anschaute. Sie weigerte sich, ihm in die Augen zu sehen.

"Schatz, es tut mir leid, dass ich einfach gegangen bin. Ich hab uns beiden Döner mitgebracht. Appetit?" Langsam und mit ruhiger Stimme, versuchte er sozusagen ihr Herz zu erweichen.

"Klar, warum nicht.", gab sie schnippisch zurück.

"Ich weiß, dass ich im Moment etwas schwierig bin und vieles hier rum liegen lasse. Es ist auch wirklich keine Absicht. Es ist nur der bevorstehende Wettkampf, das harte Training und so."

"Und vielleicht noch immer die Sache mit deiner Wohnung?", wollte sie wissen.

"Ja, vielleicht ärgert mich das auch noch ein wenig. Doch im Endeffekt hat es uns noch mehr zusammen geführt.", sagte er und glaubte bei Sarah ein kleines Lächeln gesehen zu haben.

"Wie gesagt, es ist ja überhaupt nicht der Punkt mit dem Haushalt, auch wenn da einige Kleinigkeiten sind, die nicht sein müssten. Es geht mir mehr darum, dass du mich wieder mehr wahrnimmst. Also deine Freundin." Sie umrandete ihren Körper selbst mit den Händen, während sie den letzten Satz aussprach.

"Ich werde mir Mühe geben, versprochen und du weißt wie sehr ich dich liebe."

"Ja.", gab nun sie kurz zurück. Daraufhin musste Pete lachen.

Er hatte es mal wieder geschafft. Das Disskusionsthema war noch gar nicht richtig geklärt und doch schon wieder von der Bildfläche verschwunden. Sarah hoffte inständig, dass er sich zumindest einige Punkte von ihrem Gesagten, zu Herzen nehmen und wenigstens etwas Einsicht zeigen würde.

Kapitel 19

Pete packte im Schlafzimmer einige Sachen zusammen, während Sarah ein schönes warmes Bad genoss. In knapp einer Stunde traf sich die Crew an der Tanzschule und dann ging es mit dem Bus nach Hannover zum Wettkampf. Dieser diente lediglich zum Üben, was jedoch nicht hieß, dass sich die Männer nicht freuten, einen guten Platz dabei zu erreichen.

"Sieht ganz schön verlockend aus, wenn du so vom Schaum umhüllt bist.", lächelnd stand Pete im Türrahmen und ging dann direkt ins Bad hinein, um auch dort einige Sachen zu holen.

"Es ist auch unter dem Schaum angenehm warm.", gab sie beinahe zweideutig und mit einem neckischen Grinsen zurück.

"Ich würde es nur allzu gerne testen, doch ich muss leider gleich los."

"Jepp, ich weiß." Sarah schaute Richtung Spiegelschrank um mit Hilfe von diesem Petes Blick zu erhaschen. Er schmollte leicht zurück.

"Und ihr geht heute in den Club?"

"Ja, zu neunzig Prozent. Einfach ein bisschen was trinken und etwas tanzen. Es werden aber nur Leila und ich sein."

"Ihr beide habt sicherlich auch nur zu zweit genug Spaß. Langsam glaube ich euch gut genug zu kennen."

"Wann kommt ihr morgen ungefähr wieder?"

"Geplant ist gegen Abend."

Sarah hatte das Gefühl das zwischen ihnen eine leichte Eingefahrenheit herrschte. Es waren diese kurzen Fragen und knappen Antworten, welche sie aufregten. Als wolle man binnen fünf Minuten den Tagesplan des Anderen erfahren. Eigentlich freute sie sich schon auf den Abend mit ihrer Freundin. Nicht das ihr die freien Minuten mit ihrem Freund nicht fehlten, doch es war wirklich mal an der Zeit, ein wenig getrennt voneinander etwas zu machen. Nach ihrem Streit im August hatte sich Pete zwar ebenfalls wieder etwas bemüht, mehr mitzuhelfen, doch es wirkte manchmal ein bisschen so, dass er es tat, weil sie einfach darauf bestand. Sarah selbst hatte sich, beziehungsweise ihm, innerlich eine Frist bis nach dem Kurztrip gegeben. Es herrschte schon ab und an eine komische Stimmung zwischen ihnen und das konnte wirklich anstrengend und nervig sein.

Sarah beobachtete Pete dabei, wie er seine Zahnputzsachen und ein, zwei Cremes in eine Kosmetiktasche packte, das Bad verließ und nach wenigen Minuten mit Jacke bekleidet wieder hinein kam. Er kniete sich an den Badewannenrand, beugte sich zu Sarah und gab ihr einen Kuss.

"Also dann bis Sonntag und viel Spaß euch zweien. Seit artig.", neckte er.

"Wir werden uns Mühe geben. Gute Fahrt euch und viel Glück." Sie zwinkerte.

"Danke." Daraufhin stand Pete auch wieder auf und ging davon. Sarah hörte noch, wie er seine Sporttasche griff und aus der Wohnungstür ging. Sarah hätte kurzerhand in eine Grübelei verfallen können, doch entschloss sich einmal abzutauchen und sich ohne lästige Gedanken noch einen relaxten Nachmittag zu machen, bis sie sich mit ihrer Freundin Leila zum Mädelsabend treffen würde.

Mike und seine Crew kamen für einen Freitag sehr gut durch den Verkehr und fuhren gegen sechs Uhr in Hannover ein. Sie checkten im Atlanta Hotel Central ein, welches in der Nähe des Hauptbahnhofs und auch des Messegeländes war. Dort wo auch das Tanzbattle ab acht Uhr stattfinden würde. Auf dem Gelände wurde eine kleine Bühne aufgebaut und es wurde mit etwa 5.000 bis 7.000 Zuschauern gerechnet. Acht Crews würden dort heute Abend ab acht Uhr ihre Choreographien zum besten geben. Jeder wollte gewinnen, das war natürlich nichts neues. Mike sah es als guten Test für seine Jungs, doch wollte schon sehr gern unter den ersten drei sein. Diesbezüglich war er jedoch sehr zuversichtlich. Die Männer verteilten sich auf ihre Doppelzimmer. Wie nicht anders erwartet ging Pete in eines mit Joey. Nur Mike hatte ein Einzelzimmer für sich reserviert. Alle hatten nun noch eine gute halbe Stunde Zeit, sich etwas frisch zu machen und ihre Outfits anzuziehen. Was wäre schließlich eine Tanzgruppe ohne einheitliche Klamotte. Mike wollte immer, dass seine Mitglieder schlicht blieben. Keine Anzüge. Kein großer Aufriss. Deshalb beschloss er einen gewissen HipHop Stil beizubehalten. Einfach schön lässig.

Das Outfit bestand somit aus einer schwarzen baumwollenen Jogginghose und einem weißen Achselshirt aus Ripp. Die Turnschuhe waren ebenfalls schwarz, mit weißen Akzenten und jeder hatte ein Cappie, wessen Schild schwarz war und der Rest weiß. Vielleicht würden es viele als sehr plump ansehen, doch Mike fand es genau richtig. In dieser Hinsicht war es ihm egal, was andere darüber dachten.

Gleich würden sich alle vor dem Hotel treffen und dann ging es mit den Taxen auf das Gelände. Ein wenig aufgeregt waren alle schon, doch freuten sich auch schon darauf, endlich die Tag für Tag erlernte Choreographie aufführen zu können.

Auch Leila war kurz vor acht Uhr bei Sarah angekommen und die beiden würden sich noch ein, zwei Gläschen Sekt gönnen, bevor sie das schon bestellte Taxi um neun Uhr abholen würde. Sie hatten sich entschlossen mal nicht in eine typische Diskothek zu gehen und somit das Bassy in der Schönhauser Allee ausgesucht. Ein auf alt getrimmter Club, in dem Musik bis zum Jahr 1969 gespielt wurde. Der Club war nicht zu groß und beide erhofften sich in diesem ein wenig in eine andere Zeit eintauchen zu können.

Die Zeit verging wie im Flug und zehn Minuten bevor es losging, machten sie noch einmal ihr Make Up zurecht. Ihre Kleidung hielten sie relativ schlicht, auch wenn dort gerne eine passende Kleiderordnung an den Tag gelegt wurde. Oder eher an die Nacht. Keine zwanzig Minuten später waren sie auch schon da. Sie bezahlten ihren Eintritt und gingen eine kleine Treppe hinunter. Die Aufmachung des Clubs gefiel ihnen auf Anhieb. Es war wirklich auf eine ältere Zeit abgestimmt und jegliche Sitzgelegenheiten wurden in kräftigem rot gehalten. Es gab eine ausreichende Tanzfläche und ebenso eine kleine Bühne, auf der ab zehn Uhr eine Band spielen würde. Es gab vielerlei Deko und auch interessante Gemälde an den Wänden, auf denen der Blick der zwei natürlich eine Zeit lang verharrte. Es war noch nicht ganz gefüllt, doch schon da konnte man sehen, dass das Publikum sehr gemischt war.

Sogar ein Kickertisch und andere Spielautomaten hatten einen Platz in dem Club gefunden. Leila und Sarah fanden das wirklich sehr interessant. Sie konnten noch zwei Plätze auf den Hockern an der Bar ergattern und bestellten sich daraufhin auch schon zwei Drinks. Beide genossen sie die Kulisse und während sie ab und an ihre Blicke mal hier und mal da hinschweifen ließen, bekamen sie schon bald mit, dass sie begutachtet wurden. Vielleicht war es aber auch eher eine Beobachtung.

Das Programm in Hannover hatte begonnen und ein Moderator erläuterte den Ablauf der Auftritte. Alle acht Crews würden zu Beginn einzeln ihre Choreographie vorführen und von diesen würden es vier in die nächste Runde schaffen. Die verbleibende Hälfte würde sich dann gegenseitig battlen und dort würde daraufhin das Publikum mit dem nötigen Applaus mitentscheiden, wen sie persönlich als Sieger wählen würden. Mike und seine Jungs waren als fünftes an der Reihe. Selbst, wenn es nie allzu schlecht war, den Tanz mit als erster über die Bühne gebracht zu haben, war es doch manchmal ganz gut zu sehen, was einige Gruppen vorher zu bieten hatten. Vor allem Mike schaute vom hinteren Bereich genau auf die Tänzer auf der Bühne. Auch die Zuschauer waren sehr gut gelaunt gewesen und es reichte von tosendem Applaus bis hin zu Rufen auf die Bühne, welche weniger gut waren. Die dritte Truppe, Tänzer im Teeniealter, war ganz gut gewesen, doch hatte leider einen Patzer und der brachte sie so raus, dass zwei weitere folgten. Pete und Joey tat so etwas schon ziemlich leid, doch somit wusste der Trainer auch, was er im Training noch weiter festigen und vielleicht auch predigen musste. So hart es dann auch klingen mochte, konnte man nach diesem Auftritt sagen, dass es nur noch sieben waren.

"So, Männer. Wir sind die nächsten. Seid ihr bereit?" Mike trommelte seine Jungs noch einmal in einen Kreis zusammen.

"Na klar. Zeigen wir denen da draußen was wir können.", rief Joey voller Euphorie. Er konnte es nun kaum noch erwarten auf die Bühne zu rennen und Vollgas zu geben.

"Wir sind bereit, Coach.", erwiderte auch Pete und war ebenfalls von den Vorführungen angesteckt worden und wollte auch endlich an der Reihe sein. Alle stimmten gemeinsam ein *Auf geht´s!* an und stellten sich bereit. Nachdem sie angesagt wurden, liefen sie nacheinander auf die Bühne und stellten sich in ihre Formation auf. Die Musik begann kurzer Hand zu spielen und nun hieß es vollen Einsatz und absolute Konzentration.

Sarah und Leila standen mittlerweile in der Nähe der Tanzfläche, beobachteten die spielende Band und bewegten sich zum Rhythmus hin und her.
"Ob unsere Männer wohl schon an der Reihe waren?", fragte Sarah, indem sie Leila ins Ohr sprach.
"Wer weiß, es ist schon fast halb elf. Denkst du sie holen den Sieg?", erwiderte sie daraufhin, mit leicht lallender Stimme. Beide waren schon etwas angetrunken.
"Ich weiß es nicht. Wir wissen schließlich nicht, wie gut die anderen sind. Hast du Joey überhaupt jemals tanzen sehen?", wollte sie nun wissen.
"Nicht direkt. Er gab mir mal eine Privataufführung. Mehr auch nicht.", grinste sie und schien der Mimik nach zu urteilen, daran zurück zu denken.

"Du wieder." Sarah lachte.

Von hinten kamen nun drei Männer auf sie zu.

"Entschuldigung, doch wäre es möglich den Damen einen Sekt zu spendieren?", fragte einer von ihnen und blickte die beiden an.

Sarah die in dieser Hinsicht eher nicht so wortgewandt war, überließ die Situation ihrer Freundin.

"Kommt drauf an. Was erhofft ihr euch davon?", gab sie keck zurück.

"Ich würde sagen, einfach ein wenig Gesellschaft von zwei hübschen, jungen Damen."

"Euer Glück, dass wir gerade nichts mehr in den Händen halten, würde ich sagen."

"Dann nehme ich das als ein ja.", entgegnete er und reichte den beiden jeweils ein Glas Sekt. Er schien sich sicher darin gewesen zu sein, da er diese schon mitbrachte.

Die zwei nahmen es ohne große Umschweife entgegen, bedankten sich und stießen mit den dreien an. Sarah musterte den Mann und hatte plötzlich einen Verdacht gehegt. Bei einem Gespräch mit Pete, nach dem Einbruch in seine Wohnung, erzählte er ihr einiges über Tom und da fielen auch gewisse Aussagen über Schmuck und Tattoos.

Pete sagte etwas von einem großen Goldring und einer ebenfalls goldenen Kette mit einem Namensanhänger. Auf seinem Handrücken hatte er in der Nähe des Daumens das Zeichen der Unendlichkeit tätowiert. An dem heutigen Abend trug er ein schwarzes T-Shirt mit grauen Sweatjacke, die knapp bis zu seinem Brustkorb geschlossen war. Man konnte sehen, dass er eine goldene Kette trug, doch der Anhänger von dieser verschwand unter der Jacke. Während er sich mit Leila unterhielt und in dieser Zeit seine zwei Kumpels irgendwohin verschwunden waren, versuchte sie seine Hände zu mustern. Sie sah einen Ring, der golden war und nach kurzer Zeit entdeckte sie auch ein Tattoo, welches zu Petes Beschreibung passte. Ihrem Bauchgefühl zu urteilen, war sie sich sicher gewesen. Nun müsste sie nur noch Leila darüber informieren. Sie stieß sie leicht in die Seite.

"Könnte ich kurz mit dir reden?"

"Ich hoffen es geht nicht darum, dass ich euch auf die Nerven gehe?", fragte er und musterte Sarah von oben bis unten.

"Nein, keine Bange. Mir ist nur gerade etwas eingefallen.", versuchte sie lächelnd zurück zu geben. "Habt ihr noch etwas Durst, dann hole ich noch etwas Nachschub und ihr könnt alleine reden."

"So machen wir das.", antwortete Leila. "Wo sind eigentlich deine Kumpanen?"

"Die werden irgendwo hier rumdackeln. Werde sie wohl auch mal suchen gehen.", sagte er und ging davon.

"Irgendwie ist der Kerl ein kleiner Vollhorst, oder?", sagte Leila und kicherte. "Der erzählt Dinge, die keinen wirklich interessieren. Zumindest müssen wir unsere Getränke nicht bezahlen. Aber egal, was wolltest du denn sagen oder wolltest du nur das er verschwindet?", mutmaßte sie.

"Ich glaube es ist Tom.", antwortete Sarah kurz.

"Was? Wie kommst du denn darauf und was will er denn hier in so einem Club?"

"Pete hatte mir mal ein bisschen was über ihn erzählt. Auch zwecks äußerlichem Erscheinungsbild und so."

"Nehmen wir an, er ist es. Denkst du er weiß, wer wir sind?"

"Ich habe keine Ahnung. Vielleicht bekommen wir etwas aus ihm heraus. Man könnte sich ja antasten und am Ende wissen wir, ob er es war, der in Petes Wohnung eingebrochen ist.", kam ihr plötzlich der Gedanke.

"Nicht, das ich für so eine Schandtat nicht bereit wäre, aber ich kann nicht mehr lange bleiben, Süße. Ich muss morgen Vormittag pünktlich bei mir in der

Galerie sein. Und wenn gewisse Erzählungen über ihn stimmen, dann ist er nicht unbedingt ohne."

"Aber das wäre doch die Chance.", sagte sie im Übermut. "Noch ein Glas Sekt und ich habe genug Mut."

"Überlege es dir bitte gut.", forderte Leila sie auf. Kurz darauf kam er auch schon wieder und verteilte die neu gefüllten Gläser.

"Deine Kollegen nicht gefunden?", fragte nun Sarah.

"Oh doch. Die haben sich auf ein paar Kurze an der Bar verschanzt. Werden demnächst wieder dazu kommen."

"Ich werde dann wohl nicht mehr hier sein. Muss morgen früh raus." Leila leerte ihr Glas zügig, während Sarah jetzt nicht wusste, was sie tun sollte. "Kommst du mit, Sarah oder willst du noch bleiben?" Sie schaute ihre Freundin leicht argwöhnisch an.

"Ich kann dir hier gerne noch etwas Gesellschaft leisten, wenn du magst.", sagte er zu Sarah. "Ich werde gut auf deine Freundin aufpassen.", richtete er sich daraufhin an Leila.

Sarah überlegte nicht weiter und handelte im Affekt, auch wenn sie wusste, dass es schief gehen konnte.

"Ich bleibe noch etwas. Zumindest für ein Stündchen.", antwortete sie ihrer Freundin.

"Okay, dann verabschiede ich mich hiermit. Danke dir auch nochmals für die Drinks."

Leila gab Sarah noch ein Kuss auf die Wange und legte ihr flüsternd nahe, vorsichtig zu sein. Sarah hingegen erhoffte sich, dass sich ihr Verdacht noch bestätigen würde.

Kapitel 20

Mike und seine Jungs hatten es in die Battlerunde geschafft. Die Teams hatten ein wenig Zeit um sich zu besprechen, wie sie dort vorgehen wollten. Pete und Joey besprachen mit den anderen alte Choreographien und einige Breakdanceabschnitte, welche sie mit einfließen lassen konnten. Natürlich war dort jener von Mike, welchen er auch am Brandenburger Tor vorgeführt hatte, mit von der Partie gewesen. Sie wollten ihr bestes geben und das taten sie auch. Es war immer wieder toll, wenn man ein Publikum hörte, welches die Tänzer anfeuerte und daraufhin Jubelrufe entgegen nehmen konnte. So etwas bestärkte immens und alles brachte noch mehr Spaß und Freude.

Am Ende des Abends gingen sie mit einem zweiten Platz wieder ins Hotel zurück. Mike war stolz auf seine Leute. Es gab keine Patzer, alles war perfekt gelaufen. Die Männer waren trotz guter Laune, jedoch ganz schön kaputt und wollten nur noch auf ihre Zimmer gehen.

Pete und Joey kamen in ihr Zimmer hinein und ließen sich prompt auf ihre Betten fallen.

"Was ein geiler Abend.", stieß Joey hervor. "Denen haben wir es gezeigt."

"Ja, wir können stolz auf uns sein. Es ist alles bestens gelaufen und ich denke, mit dem zweiten Platz ist auch Mike zufrieden."

"Aber hallo. Er wollte uns unter den besten drei haben und wir haben die goldene Mitte erreicht.", griente er. Entspannt legte er seine Arme hinter den Kopf.

"Aber die Erstplatzierten hatten echt verdammt gute Moves drauf. Da kann man sich noch was abgucken." Pete war sichtlich begeistert.

"Das stimmt allerdings. Da wissen wir ja, was wir in etwa noch in die Choreos mit einbauen können. Natürlich nur ansatzweise. Sonst heißt es am Ende noch wir kopieren.", lachte er.

"Was wohl die Frauen machen?", rätselte Pete und wechselte somit das Thema.

"Sie sind heute in einem Club, oder?"

"Jepp. Zum Anlass ihres Mädelsabends."

"Ich denke mal, sie werden ein wenig ihre Hüften schwingen und andere Männer verrückt machen.", lachte Joey.

"Das denkst du?", fragte Pete ironisch.

"Schau sie dir an. Hauptsache ist, sie wissen wohin sie gehören oder bin ich da im Unrecht."

"Ich bin mir sicher, dass sie das wissen. Doch apropos hingehören. Ist das mit dir und Leila denn nun was ernstes oder nicht?"

"Ihr seid alle so neugierig, aber da du mein bester Kumpel bist. Man könnte das schon als solches bezeichnen. Wir kleben einfach nur nicht so sehr aneinander wie..."

"...Wie Sarah und ich.", unterbrach sein Kumpel ihn. Das zu hören war ja nichts mehr neues gewesen.

"So ist es. Doch ich muss zugeben, ich wäre wohl etwas eifersüchtig, würde ich sie mit jemand anderem flirten sehen."

"Liebst du sie?" Pete wurde neugierig.

"Liebe ist ein so großes Wort.", sagte er ausschweifend und übertrieben. "Liebe ich sie? Ich weiß es noch nicht. Bin ich verliebt? Definitiv." Joey strahlte über beide Backen und schien sich Leila gerade bildlich vorzustellen.

Während Joey so vor sich hinzuträumen schien, legte auch Pete sich gemütlicher auf das Bett und dachte etwas nach. Jetzt, wo all der Druck zwecks dem Auftritt langsam von ihm abfiel, konnte er in Ruhe einiges nochmal Revue passieren lassen.

Er hatte sich, ohne es wirklich zu bemerken, wirklich wie ein Depp aufgeführt und nur weil er so ein Sturkopf war und es auch nur schlecht abstellen konnte, hatte er sich stets im Recht gefühlt. Er freute sich schon darauf sie morgen wieder in seine Arme schließen zu können und hoffte, dass sie ihre Ungereimtheiten, die sich noch immer seit dem letzten großen Streit, mit in den Alltag einzubeziehen schienen, bereinigen könnten.

Sarah konnte sich seit kurzem absolut sicher sein. Die ganze Beschreibung von Pete hatte sich als wahr herausgestellt. Nach einer guten Stunde, in der sich Sarah von ihrer nettesten Seite gezeigt hatte, nur um ihr Ziel zu erreichen, war ihr Verdacht bestätigt. Sie hatte versucht so sympathisch wie nur möglich mehr über ihn zu erfahren. Es wurde gelacht und getanzt. Auch seine zwei Kumpels kamen nach einer Zeit wieder zu ihnen zurück, doch hielten sich eher im Hintergrund. Irgendwann wurde auch ihm etwas zu warm in seinem Sweat und er zog die Jacke aus. Nun erkannte man den pompösen Anhänger an der Kette mit dem Namen TOM daran. Sie fragte sich, ob er wusste wer sie war. Vielleicht war es ja sogar pure Absicht, dass er gerade zu ihr und Leila hinüber kam. Womöglich aber waren gerade die beiden Mädels einfach nur interessant für ihn, weil sie vor Stunden alleine hier, an der Tanzfläche standen.

Einen kurzen Moment hatte Sarah gezweifelt. Sie dachte sich, dass sie es nun zwar mit Gewissheit wüsste, doch was sollte sie nun machen. Sollte sie sich mit ihm anlegen? Sollte sie weiter ein hinterlistiges Spiel mit ihm treiben?

Pete war nach dem Einbruch außer sich. Voller Wut und Aggression. Sarah wollte ihm nur helfen und entschloss Tom, der noch eine Runde Shots holte, einfach direkt darauf anzusprechen. Was sollte er ihr schon anhaben können, sie waren in der Öffentlichkeit unterwegs. Sarah wollte ihn lediglich bitten, ihren Freund in Ruhe zu lassen und versuchen das Geschehene vergessen zu können. Natürlich wollte sie erst einmal sicher gehen, dass er es auch wirklich war. Sarah wippte weiterhin mit im Takt und wartete auf den Drink. Dieser wurde ihr binnen Sekunden von hinten über die Schulter in die Hand gereicht. Sie beschloss, noch diesen einen Drink mit ihm zu trinken, ihn darauf anzusprechen und dann schleunigst nach Hause zu gehen.

"Zum Wohl.", sagte Tom.

"Zum Wohl.", erwiderte Sarah.

"Du heißt also Tom?", begann sie voller Mut und zeigte daraufhin auf seine Kette.

"Ja, das ist mein Name.", antwortete er. "Stimmt, wir haben uns ja noch gar nicht vorgestellt. Und du bist?"

"Ich heiße Sarah. Kann es sein das du tanzt? Also Hip Hop, meine ich."

"Gut möglich. Wie kommst du darauf."

"Dein Schmuck, um ehrlich zu sein. Das hat ein wenig etwas von diesen typischen Klunkern. Ohne es böse zu meinen.", verniedlichte sie es.

"Früher habe ich mal mehr getanzt. War in einer Tanzschule?"

"Zufällig an einer am Alex?" Sarah wurde sich sicher und sicherer und kam sich vor, als würde sie ihn komplett verhören. Doch er machte keine Anstalten ihr zu antworten.

"Ja. Du bist richtig gut.", lobte Tom. Nun stand sie also direkt vor ihm. All seine Bemühungen hatten sich gelohnt. Hat er sich doch bis zum heutigen Abend sehr zurück gehalten, war er nun noch besonnener über den Moment. Er hatte im Gefühl, dass Sarah nun wusste wer er war. Sie schien gerade genauso mit ihm zu spielen, wie er es noch mit ihr vorhatte. Egal, welche Fragen sie stellen würde, er würde sie ohne Umschweife beantworten. Denn Tom wusste, dass sie von all den Minuten, die noch vergingen würden, schon bald jegliche Erinnerungen verlieren würde.

"Ich will direkt sein.", sprach sie weiter.

"Das bist du eigentlich schon die ganze Zeit über.", lachte er arrogant werdender.

"Kennst du einen Pete Stone?", wollte sie nun wissen und mit seiner Antwort hätte sie nun nicht gerechnet.

"Ja, sogar noch sehr gut. Ebenfalls weiß ich, dass du seine Freundin bist. Wie geht es ihm?" Toms Blick wurde ernster.

Sarah gab ihm nicht die Antwort, welche er erwartete, sondern kam mit einer Gegenfrage.

"Warst du derjenige der in seine Wohnung eingebrochen ist? Ich weiß nämlich..."

Sarah hielt sich den Kopf. Ihr Körper begann zu taumeln und vor ihren Augen wurde es schwarz und farbig im Wechsel.

"Was wolltest du noch sagen?" Tom grinste höhnisch, denn gleich würde sie ganz freiwillig in seine Arme sinken.

"Ich... ich...", begann Sarah wieder und wieder. Schließlich sackte sie unter Schwindel zusammen und Tom fang sie wohl wollend auf.

Während Pete und die anderen am Morgen noch ausgiebig frühstückten und sich über den letzten Abend unterhielten, ehe sie ihre Heimreise antreten würden, wachte seine Freundin Sarah wie verkatert auf. Ihr war noch immer ganz komisch und es wurde nicht besser, als sie zum einen sah, dass sie in einem Hotelzimmer lag und zum anderen, dass an ihrer Seite Tom vor sich hin schnarchte. Sie schrack auf und blickte an sich hinunter, um festzustellen, ob sie bekleidet war. Sie trug Unterwäsche und ihr Top, mehr jedoch nicht. Was war nur geschehen? Sie wusste ihr wurde schwindelig. Doch sie hatte keinerlei Erinnerungen mehr an Stunden davor und vor allem was danach geschah. Erst überlegte sich Sarah ihn zu wecken und sofort zur Rede zu stellen. Er musste etwas in ihren Drink getan haben, denn so betrunken war sie auch nicht gewesen.

Sarah war sie so vollends verwirrt, dass sie nur noch nach Hause wollte. Wollte in Ruhe darüber nachdenken und vor allem weg von diesem Ekel. Sie nahm ihre restlichen Sachen von dem Sessel, auf dem sie diese liegen sah und huschte kurz ins Bad. Danach wollte sie nur noch raus aus dem Hotelzimmer.

Nachdem sie das Zimmer verlassen hatte, öffnete Tom seine Augen und schaute voller Genugtuung in den Raum. Er hatte nicht mehr geschlafen. Er hatte gemerkt, wie irritiert sie gewesen war. Sie wusste nichts mehr von ihrem Gespräch miteinander und auch nicht, dass er sie mit in dieses Zimmer geschleift hatte. Sarah hatte jegliche Erinnerungen an den Abend, an die Nacht, vergessen. Da war er sich sicher.

Ob sie es ihrem Pete verheimlichen konnte, wen sie da getroffen hat? Mit wem sie geflirtet und die Nacht verbracht hatte?

Tom war so stolz auf sich selbst und war schon sehr gespannt, wie es weiter gehen würde. Er beschloss Pete demnächst einmal einen Besuch in der Tanzschule abzustatten und würde sich einfach nach Sarah erkundigen. Schon dann, würde er selbst erfahren, ob sie es gebeichtet hatte oder nicht. Mit einem breiten Grinsen zog er sich eine kleine Line und schniefte sie voller Wohlbehagen tief in die Nase ein. Danach schloss er seine Augen und ließ sich in einen wunderbaren Tagtraum nieder.

Kapitel 21

Es war Samstag, der 5.September 2015. Gestern hatte Mike mit seinen Tänzern den Wettkampf in Hannover und heute waren sie wieder zurück nach Berlin gekommen. Pete schrieb ihr in einer Mail, dass er spätestens um zehn zu Hause sein würde, weil sie alle vorher noch einen kurzen Abstecher ins Studio machen würden.

Nun war halb zehn und Sarah lief mit einem Glas Weißwein in der Hand im Wohnzimmer auf und ab. Sie wurde von Minute zu Minute nervöser. Nur zwei Schlücke aus dem Glas genommen, ging sie in die Küche zum Kühlschrank, um sich das halbvolle Glas wieder zu füllen. Und wieder ging sie aus dem offenen Teil der Küche zurück ins Wohnzimmer, um wieterhin wartend und unruhig hin und her zu gehen. Die Haustür öffnete sich und Sarah´s Herz schlug schneller. In ihrem Bauch machte sich ein kribbeln breit, welches jedoch in keinster Weise etwas mit Schmetterlingen zu tun hatte. Pete kam um die Ecke zu ihr und strahlte.

"Hey Schatz." Mit ausgestreckten Armen ging er auf sie zu, um seine Freundin zu umarmen.

"Hey.", begrüßte sie ihn und ihre Augen füllten sich seicht mit Tränen, weil ihr der Gedanke kam, ihn mit dem heutigen Tag von ihr entfernen zu können. Dabei war es gerade Pete, der es stets schaffte, Sarah ein Lächeln auf die Lippen zu zaubern.

Er löste sich, legte seine Hand auf ihre Wange und gab ihr einen sanften Kuss.

"Mmh, schmeckt gut. Bekomme ich auch einen?", fragte er mit Anspielung auf den Weingeschmack, welchen sie auf ihren Lippen trug.

"Klar doch, ich schenk dir ein Glas ein."

"Okay, danke. Dann bring ich mal schnell meine Reisetasche ins Schlafzimmer."

Sarah ging wieder in die Küche, nahm ein Weißweinglas aus dem Schrank und holte die Flasche aus dem Kühlschrank.

"Welchen Platz habt ihr belegt?", rief sie Pete währenddessen fragend zu.

"Den zweiten, jedoch sehr knapp.", gab er rufend als Antwort zurück.

"Glückwunsch. War ja fast nicht anders zu erwarten." Ihre Hände begannen zu zittern. Am liebsten hätte sie einen Rückzieher gemacht. Pete am besten gar nichts erzählt, doch sie liebte ihn über alles und ihre Beziehung mit Lügen zum Zerbrechen zu bringen, war das letzte das sie wollte.

Sarah saß auf der Couch als Pete zurückkam und er setzte sich zu ihr. Er nahm sich das Glas vom Tisch und sah seine Freundin skeptisch an.

"Was ist los, Baby. Du wirkst so angespannt?", wollte er wissen.

Sarah klimperte mit ihren Fingernägeln wieder und wieder gegen das dünne Glas.

"Ich muss dir da etwas sagen.", begann sie vorsichtig.

"Was? Schieß los." Erwartungsvoll blickte er sie an.

"Ich war doch am Freitag mit Leila im Club..."

"Ja und weiter." Noch schien er unbeeindruckt.

Wieder hätte Sarah dem Gespräch am liebsten eine Wendung gegeben, doch sie wollte schließlich ehrlich sein. Und vor allem wollte sie alles so schnell wie nur möglich ausgesprochen haben.

"Naja, ich hatte gerade erst so richtig Spaß dort bekommen, doch Leila wollte nach zwölf gehen, da sie an dem Tag frühzeitig in der Galerie sein musste." Sarah pausierte kurz.

"Tom war mit zwei Freunden da und bot an, dass ich mich ja mit zu ihnen stellen könnte und deshalb blieb ich. Wir tanzten etwas, also nicht eng umschlungen, sondern einfach so auf der Tanzfläche."

"Kannst du mir möglicherweise bei dieser Geschichte in die Augen schauen, während du sie mir erzählst?", forderte er sie auf. Spätestens nach dem Namen *Tom* hatte sie Pete´s volle Aufmerksamkeit. Sie versuchte Blickkontakt zu ihrem Freund zu halten und spürte wie sich ihre Augen wieder mit Tränen füllten.

"Okay." Sarah trank einen Schluck und fuhr fort. "Mein Drink war leer und Tom bot mir an, mir einen von der Bar mitzubringen. Ich meinte gern und nun ja... danach kann ich mich an fast nichts mehr erinnern."

"Geht es noch weiter?", fragte er stur und schien allmählich wütend zu werden.

Sarah atmete tief durch.

"Am Morgen, da wachte ich mit Tom an meiner Seite in einem Hotelzimmer auf."

Nachdem diese Worte ausgesprochen waren, wusste Sarah zwar, dass sie es hinter sich gebracht hatte, doch ebenfalls, dass sie in keinster Weise ahnen konnte, wie ihr Freund darauf reagieren würde. Pete sagte jedoch vorerst gar nichts, was Sarah noch unsicherer stimmte.

"Ich schwöre, dass ich wirklich nicht weiß was vorgefallen ist. Ich denke es war nichts, doch mir fehlen jegliche Erinnerungen."

"Du denkst also, er hat dir etwas in den Drink geschüttet?" Pete begann erbarmungslos zu wirken.

"Ich gehe davon aus.", versuchte sie sich zu verteidigen.

165

"Hast du ihn im Hotel gefragt, was passiert ist?"

"Als ich ihn neben mir liegen sah und er schlief, bin ich einfach gegangen. Ich war mit der Situation überfordert."

"Du warst also überfordert?" Pete wurde aufbrausend.

"Pete, ich weiß wie sehr du mich vor ihm gewarnt hast und ebenso war es ein großer Fehler von mir im Club zu bleiben..."

"Und das wusstest du vorher also nicht? Warum habe ich das eigenartige Gefühl, dass du mich belügst, Sarah."

"Was meinst du damit?", zitterte sie mit der Stimme.

"Die Sache mit dem manipulierten Drink. Würde doch wie die Faust auf's Auge zu Tom passen. Findest du nicht?!"

"Pete, bitte. Warum sollte ich so etwas erfinden?" Pete stand auf und stellte sich vor sie.

"Wir waren uns etwas uneinig in der letzten Zeit... Kann es sein, dass du aus Trotz gerade bei ihm geblieben bist. Gerade, obwohl ich dir erzählt habe, was er für eine miese Person ist."

"Ich weiß nicht, was genau mich dazu bewegt hat und es tut mir leid. Aber Pete, du weißt, dass ich dich liebe und ich nie etwas mit einem anderen tun würde. Geschweige denn mit ihm ins Bett gehen."

"Ich weiß es nicht, Sarah.", klang er vorwurfsvoll.
Nun war Pete richtig wütend und Sarah konnte ihre
sich andauernd wieder aufbauenden Tränen nicht
mehr zurückhalten.

"Ich werde zu Joey gehen. Wir wollten noch ein Bier
trinken.", gab er als Vorwand und wollte Richtung
Haustür gehen.

Sarah stand auf und fasste ihn am Arm.

"Bitte, geh jetzt nicht. Wir sollten darüber sprechen."

"Fass mich nicht an.", zischte Pete. "Ich habe derzeit
nichts weiter zu sagen und bei dir bin ich mir nicht
sicher, was ich glauben kann."

"Pete, bitte geh nicht. Es tut mir alles so leid.", flehte
Sarah ihn zum Bleiben an. Pete aber ging zum Foyer
und sie ihm nach.

"Sollte ich heute noch wiederkommen, dann schlafe
ich auf der Couch. Du kannst mir meine Bettsachen
raus legen."

"Bleib hier, Pete. Bitte!" Sie stützte sich etwas am
Kleiderständer ab.

"Trink lieber nicht mehr so viel. Du musst dich ja
schon festhalten." bemerkte er kalt. Sarah flossen die
Tränen über ihre Wangen. Pete drehte sich nicht noch
einmal zu ihr um und schloss dann die Tür hinter
sich. Sarah lehnte nun an der Wand gegenüber und

wollte nicht wahrhaben, was gerade geschah. Was hatte sie sich nur dabei gedacht?!

Sie hörte wie sich das Schloss nochmals öffnete, doch Pete kam herein, beachtete sie keinesfalls und lief ins Wohnzimmer. Sekunden später kam er auch schon wieder zurück.

"Ich habe mein Handy vergessen."

Zum wiederholten Male zog er die Tür von außen zu und diesmal wusste Sarah, dass er nicht wieder kommen würde. Sie begann noch stärker zu weinen und ließ sich an der Wand heruntersinken. Ihre Angst war so groß, Pete nun wirklich verloren zu haben.

Pete kam in jener Nacht nicht mehr nach Hause. Er traf sich auch nicht mehr mit Joey, sondern beschloss in einer kleinen Kneipe zu viel zu trinken und sich zum Schlafen ein Zimmer in einer Pension zu nehmen.

Das gemeinsame Bild von Sarah und Tom, welches andauernd wieder vor seinen Augen erschien, machte ihn zunehmenst wahnsinnig. Eigentlich war er sich sicher, dass Sarah nie freiwillig um Tom´s Hals gefallen wäre, doch schon alleine die Tatsache, dass seine Freundin beschlossen hatte mit ihm in einem Club zu bleiben, machte Pete verrückt.

Gut, Sarah und Pete gerieten in den letzten Wochen einige Male aneinander, doch hauptsächlich wegen Kleinigkeiten. Pete musste hart trainieren. Anfang Dezember war einer der wichtigsten Battles und dort musste er perfekt sein. Wichtige Leute waren anwesend, beobachteten jeden einzelnen Schritt der Tänzer und mit sehr viel Glück gab es einen ersten Vertrag in Richtung Profikarriere. Pete musste einfach glänzen und deshalb war er meist spät abends nach Hause gekommen, überließ den meisten Haushalt Sarah und suchte sie Zweisamkeit, entschuldigte er sich bei ihr mit Müdigkeit.

Ja, er war etwas gestresst, doch Sarah musste doch einsehen, dass dies nur vorübergehend war.

Stattdessen nimmt sie die Gesellschaft von einem in Pete´s Augen, der widerwertigsten Männer an, den er sich überhaupt vorstellen kann.

Einige Male hatte er sich gewünscht, dass sie es ihm gar nicht erst erzählt hätte, denn es warf ihn im falschen Zeitpunkt komplett aus der Bahn.

Er war ganz kurz davor, Tom aufzusuchen und ihn zur Rede zu stellen. Doch hätte es heute noch eine größere Auseinandersetzung gegeben, hätte sich Pete womöglich nicht mehr lang genug auf beiden Beinen halten können.

Kapitel 22

Am Morgen nach dem Streit zwischen Pete und ihr, kam sich Sarah irgendwie verloren vor. Sie hatte sich erhofft, all das nur geträumt zu haben, doch das Aufwachen auf Leila´s großer Eckcouch macht ihr bewusst, dass sie sich vollends in der Realität befand. Sarah flüchtete sich gestern noch zu ihrer Freundin, weil sie einfach nicht allein bleiben wollte. Leila war in der Galerie und Sarah somit allein im Loft. Sie ging nicht einmal in das Badezimmer, um sich frisch zu machen. Stadtdessen nahm sie ihren Haargummi vom Handgelenk, der sich noch leicht daran abzeichnete, knotete ihre Haare fest zusammen und schlappte daraufhin in die Küche, um sich einen Kaffee zu machen. Mit einer übergroßen Tasse ging sie wieder zurück, ließ sich auf die Couch sinken und murmelte sich in die Decke ein.

Ein Blick auf ihr Handy verriet, dass sie keinerlei Anrufe verpasst oder Nachrichten bekommen hatte. Sarah tippte auf den Chatverlauf von Pete und ihr und las nochmals seine Mail, dass er spätestens um zehn zu Hause sein würde.

Sarah fragte sich, ob er wohl heute wieder zurück in ihre Wohnung kommen würde. Ob er es bereute, nicht wenigstens versucht zu haben mit ihr darüber zu sprechen. Oder hatte Pete womöglich recht und sie formulierte es alles in dem Sinne, dass sie gut da stand?

Sie legte ihr Handy wieder beiseite und drückte mit Daumen- und Zeigefinger auf ihre Schläfen und schloss die Augen. Sie musste sich doch an irgendetwas in jener Nacht erinnern können.

Tausende kleine Stiche ließen Pete erwachen. Er konnte seine Augen kaum ganz öffnen, da in seinem Kopf pochende Schmerzen die Überhand behielten. Er wusste nicht mehr genau, wie viel er getrunken hatte. Jedoch war es allem Anschein nach zu viel gewesen. Er hätte sein Bier nicht noch mit dem Schnaps mixen sollen, doch für diese Einsicht war es nun relativ spät.

Ihm wurde mehr und mehr bewusst, dass er sich wirklich eine der schlechtesten Pensionen ausgesucht hatte. Das Zimmer war kaum zehn Schritte in Länge und Breite groß, das Bettgestell quietschte ohrenbetäubend und die Bettwäsche ließ erfragen, ob sie wirklich frisch bezogen war. Doch letztendlich war es ihm egal gewesen, schließlich wollte er es ja so.

Pete zog sich an, machte sich im Bad etwas zurecht und wollte hier schleunigst verschwinden. Er brauchte schnellstens einen Kaffee und vor allem frische Luft.

Er ging in einen Markt am Alex und kaufte sich einen Coffee To Go. Damit lief er ein Stück und setzte sich dann auf eine Bank.

Wieso hatte sich Sarah gerade auf Tom an diesem Abend eingelassen? Hatte er ihr nicht mehr als genug von ihm erzählt? Oder hatte er ihr Unrecht getan und hätte sie nicht einfach so stehen lassen dürfen?

Pete wusste einfach nicht was er tun sollte. Er war stur, dass war ihm bewusst und im Moment einfach nur verzweifelt. Was sollte er jetzt nur tun?

Sarah traf sich mit Leila bei ihr zu Hause und von dort aus stiegen sie in ein Taxi und fuhren damit in diesen kleinen Club. Anfangs standen sie an der Bar, tranken ihren Mojito und beobachteten die anderen Besucher. Es war sehr amüsant und einige Zeit später und auch weitere zwei Drinks, begaben auch sie beide sich auf die gefüllte Tanzfläche.

Sie bemerkten drei Männer, welche sie beobachteten. Eigentlich ist so etwas auch nicht ungewöhnlich in einer Diskothek. Sarah und ihre Freundin ließen sich davon nicht beirren und tanzten weiter. Wenige Zeit später kamen die drei Jungs mit zwei Gläsern Sekt in der Hand zu ihnen.

Nachdem er sich mit seinem Namen vorstellte...
Sarah überlegte kurz. Er stellte sich nicht mit seinem
Namen vor, da war sie sich sicher. Sie stellten
einander überhaupt nicht vor.
Sarah hatte Tom nie zuvor gesehen, wusst somit nicht
genau wie er aussah.
Denk weiter nach, Sarah!
Sarah war sich irgendwie sicher, dass es Tom sein
musste und er log ihnen gerade richtig ins Gesicht.
Sie wollte sich aber auch nicht mit ihm anlegen, denn
von dem was sie gehört hatte, hätte der weitere
Ablauf auch schlecht ausgehen können. Sie
beschlossen also mitzuspielen und auf dumm zu
machen. Leila und Sarah tranken den von ihnen
ausgegebenen Sekt und in der Runde wurde nach und
nach mehr gelacht.
Doch warum haben sie das genau getan? Wollten
Leila und Sarah etwas bestimmtes damit bezwecken?
Nein. Es ging alles alleine von ihr aus. Leila hatte
damit gar nichts zu tun. Sarah war sich der ganzen
Sache so sicher gewesen.
Sie waren beide ziemlich angetrunken und Leila
wollte gehen und Sarah noch etwas bleiben. Doch
was geschah nur dann? Sie wusste nicht weiter. Sie
hatte einen kompletten Filmriss.

Nach kanpp einer Stunde stieg Pete in die U-Bahn und wollte in die gemeinsame Wohnung fahren. Auf dem Weg dorthin grübelte er, wie er ihr begegnen sollte.

Sollte er fragen, wie es ihr geht? Sollte er sich bei ihr für sein Verhalten entschuldigen? Sollte er weiterhin bei seiner Meinung über das Ganze bleiben?

All die Fragen verfielen, nachdem er kurze Zeit später in die Wohnung kam und er einen Zettel von seiner Freundin auf dem Wohnzimmertisch liegen sah. Sie war also bei Leila.

Nun jedoch stellte sich ihm eine ernuete Frage. War Sarah nun aus der Wohnung gegangen, da sie sich selbst doch schuldig fühlte und sich in einigem Klarheit verschaffen musste? Pete setzte sich auf die Couch und legte resigniert sein Gesicht in beide Hände.

Kapitel 23

Es folgten Tage der kompletten Funkstille, in denen keiner wusste, was der andere gerade tat.

Sarah hatte keine Ahnung, ob Pete wieder in die Wohnung zurück gekommen war. Als er am nächsten Morgen nicht wieder zu Hause war, packte sie eine kleine Tasche mit allem nötigen zusammen und hinterließ einen Zettel, dass sie einige Tage bei Leila wäre. Sarah dachte mehrfach darüber nach, Mike zu kontaktieren und ihn nach Toms Nummer zu fragen. Um all das alles einfach schleunigst aus der Welt schaffen zu können.

"Wärst du doch bloß mit mir nach Hause gegangen.", wiederholte Leila wieder und wieder.

"Ja, ich weiß, Leila. Jedoch kann ich es nun nicht mehr rückgängig machen.", antwortete Sarah ebenfalls zum vermehrten Male.

Jede der beiden saß mit einer Tasse Kaffee auf einer der grauen Rattansessel auf Leilas Balkon.

"Dennoch verstehe ich immer noch nicht, wieso gerade du die Wohnung verlassen hast. Schließlich ist sie offiziell dir."

"Ja, jedoch ist nicht er derjenige, der etwas falsch gemacht hat.", gab sie monoton und angenervt zurück und blickte auf den Tiergarten.

"Ist Pete auch schon einmal auf die Idee gekommen, dass sich Tom in jener Nacht einfach genommen hat, was er wollte?", fragte sie schließlich ernster.

Sarah stockte kurz der Atem. Soweit hatte sie noch nicht denken wollen.

"Du meinst also..." Sie brauchte es nicht wörtlich ausdrücken. "Nein, das glaube ich nicht. Ich meine, das hätte ich am Morgen sicherlich an meinem Körper gemerkt." Zumindest war sich Sarah sicher darin. Leila zog nur skeptisch die Augenbrauen nach oben.

"Wenn du meinst. Ich kann diesen Tom sowieso nicht einschätzen."

"Ja, das meine ich. Das alles ist schon verzwickt und kompliziert genug." Sarah stand auf und stellte ihre Tasse auf dem Tisch ab.

"Sorry, aber ich gehe etwas spazieren."

Leila schaute ihrer Freundin mitleidsvoll hinterher. Dass sie mit Pete sprechen würde, bekam sie verboten. Sarah wollte niemand anderen in ihr eigenes Fehlverhalten mit hineinziehen.

Drei Tage waren nun vergangen und auch Pete hatte keinem auch nur ein Wort gesagt. Jeder seiner Leute war in dem Glauben, alles sei wie eh und je. Jeden einzelnen Abend, erschien ihm die Wohnung leer.

Sarah fehlte ihm auf der Seite der Couch und in der Nacht neben ihm im Bett. Stets, wenn er schon beinahe ihre Nummer gewählt hatte, legte er sein Handy wieder beiseite. Er war wie immer stur, dass wusste Pete, aber ebenfalls war er verletzt und in seinem Kopf herrschte ein komplettes Wirrwarr.

Am Donnerstag Nachmittag hatte Mike ein Sondertraining für ihn vorgesehen. Joey war auch dabei, jedoch lediglich als Zuschauer.

"Was ist denn heute nur mit dir los, Pete? So kenne ich dich gar nicht.", fragte Mike ihn, da sich Pete in jedem zweiten Schritt vertat.

"Du musst dich mehr konzentrieren!", forderte er ihn auf.

"Gib mir fünf Minuten.", bat er seinen Trainer und stützte die Hände auf seinen leicht gebeugten Beinen ab.

Joey ging auf ihn zu und griff ihm an die Schulter.

"Hey, alles okay? Den Anschein machst du zumindest nicht."

Ehe Pete etwas dazu sagen hätte können, stand jemand weiteres im Tanzraum.

"Darf man zuschauen oder Pete, könntest du mir vielleicht ganz kurz Sarahs Nummer geben?" Voller Arroganz stand Tom mit einer schwarzen Baseballkappe auf dem Kopf nahe bei den Männern.

Während sich Mike und Joey fragend anblickten, rannte Pete instinktiv auf Tom zu und ehe der sich darauf vorbereiten hätte können, hatte Pete ihm zügig einen gewaltigen Kinnhaken verpasst.

"Lass gefälligst deine Finger von ihr.", schrie er ihn an.

Tom ließ den Schlag nicht auf sich sitzen und riss Pete mit sich zu Boden.

"Sie konnte aber ihre Finger nicht von mir lassen." Nun hatte Pete Toms Faust abbekommen und seine Lippe begann zu bluten. Fast wäre es zu einer heftigen Prügelei gekommen, wären Mike und Joey nicht dazwischen gegangen.

"Sofort auseinander!", brüllte Mike und zog Tom mit einem starken Griff an seiner Lederjacke nach hinten weg. Joey half Pete auf, der jedoch entschied sich prompt, Tom nochmals zu attackieren. Mit geballter Faust schlug er ihn zweimal kräftig in den Magen, worauf er sich krümmen musste.

Mike nahm nun Pete fest am Arm, schleuderte ihn zurück und stellte sich zwischen die beiden, ehe es eine weitere Runde gegeben hätte.

"Erklärt mir mal einer, was zum Teufel hier los ist?", fragte er mit schmetterndem Unterton.

Pete keuchte und Tom hatte sich wieder aufgerichtet.

"Oh, hat der kleine Pete keinem anvertrauen können, was für ein Versager er ist.", sagte er selbstsicher.

"Warum bist du eigentlich nicht im Knast, wo du hingehörst?", warf Joey ein.

"Ich musste Petes Freundin zeigen, was guter Sex wirklich bedeutet."

Tom grinste selbstgerecht, doch lag schlagartig am Boden. Mit finsterem Blick stand nun Mike über ihm.

"Halt deine verdammte Klappe und verschwinde aus meinem Studio, Tom!", fauchte er beinahe.

"Aber, ich...", begann er etwas kleinlauter werdend.

"Nichts, aber. Sofort raus hier." Er hob ihn wieder vom Boden auf und wies ihm mit dem Zeigefinger die Richtung zur Tür. Wenn Tom vor jemandem Respekt zeigte, dann war es Mike. Er gehorchte binnen weniger Sekunden und ging.

Pete war wutentbrannt und ihm blieb nun nichts anderes übrig als die zwei aufzuklären.

Mike musste am Abend nach Hause zu seiner Familie. Joey konnte Pete dazu überreden, mit ihm auf ein Bier zu sich zu gehen. Er hatte die Befürchtung, Pete könnte nochmals zu Tom gehen und seiner Wut weiter freien Lauf lassen.

Pete wäre möglicherweise jedoch zu Sarah gegangen, da er sich nun zu hundert Prozent sicher war, dass Tom ein falsches Spiel spielen musste. Doch vorerst entschied er sich mit zu seinem Kumpel zu gehen. Mit jemandem darüber zu sprechen, tat ihm sicherlich ganz gut.

Sarah, die es Leid war, sich auf der Couch von Leila in den Schlaf zu weinen, wollte am nächsten Tag mit klaren Tatsachen vor Pete stehen. Sie vermisste ihn so sehr. Sein sanftmütiges Gesicht, seine Nähe und Berührungen. Diese Eiszeit musste endlich ein Ende haben.

Pete erwähnte einmal flüchtig Toms Wohnadresse, welche Sarah noch im Kopf hatte und deshalb wählte sie kurz darauf die Nummer eines Taxiunternehmens. Leila war nicht zu Hause und konnte sie somit auch nicht davon abhalten. Denn dies hätte sie sicher getan. Jedoch siegte Sarah´s Verzweifelung.

Als das Taxi vor Toms Haus hielt, blickte Sarah kurz darauf und fragte sich im Inneren, ob ihr Vorhaben wirklich eine so gute Idee gewesen war. Im Wohnzimmer sah man ein kleines Licht flimmern, welches somit wohl den laufenden Fernseher verriet. Womöglich hatte Tom schon längst das parkende Auto, dessen Motor weiterhin lief, bemerkt.

In Sarah herrschten noch immer sehr gemischte Gefühle. Einerseits war sie voller Wut, da Tom es wohl darauf angelegt hatte, ihre Beziehung zu Pete zu zerstören und andererseits fühlte sie sich sehr verletzlich und ebenfalls etwas ängstlich.

Pete fehlte ihr so sehr. Es gab keinerlei Anrufe oder Nachrichten von ihm und auch sie wagte nicht einen Versuch ihn auf einer dieser Weisen zu erreichen.

Fest hatte sie es sich in den Kopf gesetzt, Tom für sein unmögliches Verhalten zur Rede zu stellen. Sie wollte diese absurden und vor allem unwahren Gerüchte ein für allemal aus der Welt schaffen.

In diesem Moment jedoch, nur wenige Schritte von einem für sie wichtigem Gespräch für hoffentlich endgültige Klarheiten entfernt, kam es ihr so vor, als lag ein schweres Gewicht auf ihren Beinen, welches Sarah am Aussteigen zu hindern versuchte. Ein flaues Gefühl machte sich in ihrem Magen breit und ihre Handinnenflächen begannen langsam leicht zu schwitzen.

"Entschuldigung, aber wollen Sie hier aussteigen oder nicht?", riss der Fahrer sie nun fragend aus ihren Gedanken.

Sarah blickte daraufhin zu ihm, dann nochmals zum Fenster des Hauses, in dem sie glaubte jemanden hinter der Gardine auf und ab laufen zu sehen und kurz danach ging ihr Blick wieder zum Taxifahrer zurück.

"Ja, ich will hier aussteigen.", antwortete sie kurz und knapp, bezahlte die von ihr geforderte Summe mit etwas Trinkgeld und stieg letztendlich aus. Kurz hatte sie überlegt, ihn zu bitten auf sie zu warten, doch ließ die Idee schnell wieder fallen, da sie nicht wusste, wie lange es wohl dauern könnte. Somit gab das Taxi kurz darauf Gas und fuhr davon.

Sie packte all ihren Mut zusammen, lief zur Tür und klingelte. Während Sarah darauf wartete, dass sich die Tür öffnete, spürte sie ihr Herz vor Aufregung pochen. Sie streifte mit ihren nun sehr feuchten Handflächen über ihre Jeans und versuchte mehrmals tief ein und auszuatmen.

Die Schritte vom Inneren der Wohnung kamen näher und schließlich öffnete sich die Haustür und Tom stand vor ihr. Ein breites und höhnisch wirkendes Grinsen zierte allmählich sein Gesicht, als er Sarah vor sich stehen sah.

Die zwei Männer kamen an der Wohnung von Joey an und gingen die Treppen nach oben. Ohne Umschweife setzte sich Pete auf einen der schwarzen Barhocker, welche an der Küchentheke von Joeys Wohnung aneinandergereiht standen. Das Geschehene im Tanzraum ließ er ein weiteres Mal Revue passieren und seine Mimik wurde finster dabei. Joey nahm zwei Bierflaschen aus dem Kühlschrank, öffnete diese und schob eine zu seinem Kumpel hinüber. Er versuchte Augenkontakt herzustellen, doch Pete war mit seinen Gedanken weit entfernt. Joey ging daraufhin um die Theke herum zu ihm und setzte sich daneben.

"Du glaubst doch nicht ehrlich daran, dass Sarah was mit ihm hatte, oder?", fragte er, jedoch sich vorsichtig antastend.

Pete griff um den Flaschenhals und setzte an. Während er trank schüttelte er seinen Kopf.

"Seit ihr denn gar nicht mehr in Kontakt?", wollte er weiter mehr erfahren.

"Nein, es herrscht Funkstille. Ich habe einen großen Fehler gemacht. Ich hätte sie darüber sprechen lassen sollen. Wir hätten darüber reden müssen. Ich hab ihr nur einen Vorwurf nach dem anderen gegen den Kopf geworfen." Pete legte verzweifelt seine Hand an die Stirn.

"Was genau soll denn passiert sein, Bro?"

"Als wir in Hannover waren, waren Sarah und Leila in einem Club. Tom war auch dort, gab ihr einen Drink aus, in welchen angeblich irgendwelches Zeug gemischt war und am nächsten Morgen ist sie mit ihm gemeinsam in einem Hotelzimmer aufgewacht.

Das ist die Kurzfassung.", entgegnete er noch immer fassungslos.

"Mich machte es stutzig, dass sie ihn nicht gleich fragte, was oder ob etwas geschehen war, sondern dass Sarah einfach ohne eine Erklärung von ihm ging.", fügte er hinzu.

Joey legte seine Hand auf Pete´s Schulter.

"Dass sie gleich gegangen ist, weil sie womöglich sehr erschrocken von dieser Situation war, ist doch im Grunde genommen nicht ganz so schlecht.", versuchte er zu besänftigen.

Sicher wusste auch er, dass all das wahrlich eigenartig war und konnte die Missmut und das Entsetzen von Pete verstehen. Doch Sarah einfach stehen zu lassen ohne weitere Erklärungen abzuwarten oder zu finden, war typisch Pete. Wenn er sich angegriffen oder verletzt fühlte, machte er nur allzu gerne auf Stummschaltung.

"Ich kann dich ja verstehen. Diese ganze Situation ist ziemlicher Mist, doch so wie ich Sarah gesehen habe, ist sie viel zu glücklich mit dir, als das sie fremdgehen würde. Vor allem noch nach jenem, was du ihr alleine schon über Tom erzählt hast."

Nun nickte Pete stumm und blickte ins Leere.

"Hey komm, es ist noch keine Woche vergangen. Sicher wird sie sich noch immer freuen, wenn sie etwas von dir zu hören bekommt. Bleib heute einfach hier bei mir, penn auf der Couch und morgen früh gehst du sofort nach Hause.", schlug er vor.

"Sie ist bei Leila."

"Dann gehst du zu ihr. Ganz einfach. Ihr müsst nur herausfinden, wie ihr gemeinsam die Wahrheit ans Licht bringen könnt. Also, einverstanden?" Joey schob sein Gesicht unter das von Pete, der ein leichtes Grinsen zustande bekam.

"Geht klar." Nun richtete er sich direkt an ihn.

"Danke dir, Joey."

Er hob die Flasche, zwinkerte und nickte.

Kapitel 24

Sarah saß wartend auf der schwarzen ledernen Couch und spürte wie sich jeder kleinste Muskel in ihrem Körper mehr und mehr anspannte. Sie fragte sich, warum sie nur so aufgeregt war, seitdem sie hier angekommen ist.

Nachdem Sarah Tom um ein Gespräch gebeten hatte, bat er sie hinein und bot ihr an sich zu setzen. Das Angebot eines Getränkes lehnte sie dankend ab, aus Respekt davor, es könnte noch etwas anderes darin enthalten sein. Deshalb wartete sie nun auf ihn, während er sich ein Bier aus dem Kühlschrank holte.

Sarah schaute sich mit Blicken zu allen Seiten in der Wohnung um und befand, dass diese von außen wesentlich größer aussah wie von innen. Es schien lediglich eine Einraumwohnung zu sein, da sich nur wenige Meter hinter der Couch auch schon das Bett, von welchem die Matratze von einem schwarz-silbernen Metallgestell getragen wurde, aufzeigte. Ein kleines, jedoch sehr robust wirkendes, dunkelbraunes Holzregal, nahe der Wand daneben, war mit einigen Büchern und allerlei Musik-CDs und DVDs bestückt. Jede Ecke des Raumes wurde von ein und demselben Modell einer Stehlampe erhellt. Ein ungefähr ein Meter hoher Metallständer, über welchem ein schlichter cremefarbener Lampenschirm über der Glühbirne zum Schutz diente.

Tom kam mit an seinem Mund angesetzter Bierflasche aus der Küche, welche halboffen mit im Raum stand, zurück und setzte sich neben Sarah auf die Couch. Intensiv schaute er ihr in die Augen, was sie leicht nervös werden ließ.

"Also, Sweety. Was verschafft mir die Ehre, dass du mich hier besuchen kommst? Letztes Mal schienst du es ja nicht erwarten zu können, von mir weg zu gehen.", fragte und mutmaßte er, ohne seinen Blick von ihr abzuwenden.

"Was genau geschah in der Nacht, in der ich am nächsten Morgen mit dir aufgewacht bin? Du hast mir irgendwelche Tropfen in meinen Drink geschüttet, oder?", fragte Sarah ihn ohne Umschweife.

"Du kommst also gleich auf den Punkt. Ich mag Frauen, die wissen was sie wollen.", zwinkerte Tom ihr zu.

"Dann macht es dir ja sicher nichts aus, mir meine Frage zu beantworten." Sarah ging in keinster Weise auf seine letztere Bemerkung ein und versuchte deutlich und auffordernd zu klingen.

"Sagen wir mal so... Du erschienst mir an diesem Abend leicht verkrampft. Wenn ich ehrlich sein darf, heute irgendwie auch. Ich dachte du könntest eine Auflockerung gebrauchen und deshalb, ja, gebe ich zu dir einer meiner Wunderpillen in den Cocktail gegeben zu haben." Tom machte eine kleine Pause, um eine Reaktion von Sarah abzuwarten, doch sie sah nur mit nach unten gerichtetem Kopf auf ihre Hände. Tom beschloss ohne einen Anflug von geringster Reue weiter zu sprechen.

"Naja, du wurdest lockerer, deine Freundin beschloss ja zu gehen und du wolltes noch etwas im Club bleiben um zu tanzen. Ebenfalls wolltest du noch in meiner Gesellschaft bleiben. Wir haben uns in dieser Nacht sehr gut verstanden, Sarah."

"Wie gut?!", mti leicht aggressivem Unterton platzte die Frage aus Sarah heraus. Dass sie oder besser gesagt, warum sie Gedächtnislücken von dieser Nacht hatte, war nun aufgeklärt. Wie konnte sie nur so leichtsinnig gewesen sein, sich von Tom etwas ausgeben zu lassen. Pete hatte ihr schließlich genug Gründe aufgezählt und wohl noch mehr verraten können, um seine Person zu meiden.

Sarah spielte mit den Händen und wartete auf Tom´s Antwort.

"Du meinst, ob wir Sex miteinander hatten?", kam jedoch seine Gegenfrage.

Genüsslich nahm er ein Schluck Bier.

Sarah nickte nur und hoffte auf ein eindeutiges *Ja* oder *Nein* von Tom. Der aber entschied sich aufdringlich zu werden. Ohne zu zögern rutschte er näher an Sarah heran und legte seine Hand an ihren Rücken.

"Wie wäre es, wenn wir es einfach testen. Mein Bett ist schließlich gleich hier und wenn wir etwas in Richtung Praxis übergehen, kannst du vielleicht sehen ob dir etwas bekannt vorkommt."

Sarah sprang unverzüglich auf und war nun voller Wut.

"Tickst du noch ganz sauber?!", schrie sie fast. "Sag mir doch einfach ob wir miteinander geschlafen haben oder nicht. Ich möchte endlich wissen, was in dieser verdammten Nacht geschehen ist. Warum willst du Pete und mich unbedingt auseinander bringen?"

Binnen weniger Sekunden stand Tom aufrecht und dicht vor Sarah und umgriff mit seinen Händen ihre Oberarme.

"Ich denke, du weißt ganz genau, dass dein lieber Freund mit Schuld daran trägt, dass meine Karriere eine schlechte Wendung genommen hat. Ich stand so kurz davor einer der besten zu werden und was dann...", Tom ballte eine Faust vor aufsteigender Aggression.

"Dann steht urplötzlich die Polizei beim Training im Raum und nimmt mich mit. Einfach weggesperrt haben sie mich und das vor einem meiner wichtigsten Wettkämpfe."

"Ich habe davon gehört. Du hast Tanzschülern unter euch Drogen verkaufen wollen."

Sarah versuchte ruhiger zu sprechen, denn Toms grimmige Miene ließ sie Respekt vor ihm haben. Auch wenn sie nicht die gewünschten Antworten bekommen hatte, hielt sie es für das beste schleunigst von hier zu verschwinden. Die ganze Situation schien im Moment in eine ganz falsche Richtung zu gehen.

"Es war falsch von mir hierher zu kommen, Tom. Ich werde jetzt gehen." Sarah drehte sich in Richtung der Tür und wollte nur noch hier raus. Fast die Klinke in der Hand, hörte sie wie Tom mit einem lauten Knall seine Flasche auf dem Glastisch abstellte und auf sie zu ging.

"Eigentlich wollte ich ihn nach dem Training einmal abfangen und ihm in einer abgelegenen Straße am besten gleich beide Beine brechen.", hauchte er Sarah wutig flüsternd ins Ohr. Seinen Körper fest an ihren Rücken gepresst. Sarahs Knie begannen zu zittern.

"Doch dann sah ich dich am Studio und Petes Augen funkelten beim Blick zu dir. Glaub mir, Sarah. Wenn ein Mann einmal sein Herz an jemanden verschenkt hat, dann weiß man wie man ihn am besten zerstören kann."

Tom fuhr mit seiner rechten Hand wieder ihren Rücken entlang und schloss mit seiner linken die Haustür von innen zu. Sarah hatte nicht gesehen, dass ein einzelner Schlüssel im Schloss gesteckt hatte. Ihr Herz raste nun. Tom kam ihr gerade vor, als stecke ein Psychopath in ihm. Nun wurde ihr bewusst, dass sie auf ihr Körpergefühl hätte vertrauen sollen. Es war definitiv eine falsche Entscheidung hierher gekommen zu sein.

Langsam drehte sie sich in seine Richtung und versuchte Blickkontakt zu halten.

"Gib mir den Schlüssel und lass mich gehen, Tom." Tom drehte den Schlüssel in seiner Hand und steckte diesen in seine Hosentasche.

"Wir waren doch noch gar nicht fertig." Er versuchte unter ihr schwarzes Shirt zu greifen und Sarah trat ihm aus reinem Reflex mit aller Wucht zwischen die Beine. Jedoch fiel der erhoffte Aussetzer Toms aus und Sarahs Chancen ihm irgendwie zu entfliehen schienen schlechter zu werden.

"Du magst es also auf die harte Tour.", krächzte er leicht, doch voll entbrannter Wut und stellte sich wieder aufrecht.

"Du sollst haben was du willst, Süße."

Die zwei Männer hatten mittlerweile auf die Couch gewechselt und ließen im Fernseher einen Thriller vor sich her laufen. Pete versuchte seine ziemlich schlechte Laune, die sich zwischen der Sehnsucht nach Sarah und Wut gegenüber Tom mischte, nicht allzu sehr nach außen hin zu zeigen. Er war froh darum, dass sein Kumpel ihm seiner annahm und ihn versuchte auf etwas andere Gedanken zu bringen. Doch trotz allem dachte er schon die ganze Zeit an den morgigen Tag. Wie sollte er Sarah am besten gegenüber treten. Als aller erstes würde er sich bei ihr entschuldigen, sich langsam annähern und hoffen, sie würde ihm vergeben. Beide würden eine gemeinsame Lösung für dieses kleine Missverständnis finden, welches sich viel zu sehr zu einem großen Problem entwickelt hatte. Jedoch fragte er sich ebenso, ob er sich nicht lieber heute schon bei ihr melden sollte. In ihm lag ein eigenartiges Gefühl. So, als solle er sich schnellstmöglich das Handy greifen und sich nach Sarah erkundigen. Vielleicht war es aber auch einfach nur eine gewisse Aufregung. In den letzten Tagen fühlte er sich stets nicht so wie sonst. Pete musste versuchen einfach abzuschalten. Sein Kumpel hatte schon recht. Am Abend löst man keine Probleme mehr.

"Was ist denn eigentlich mit dir und Leila? Entsteht da nun doch etwas ernsteres?", fragte er Joey, mit dem Versuch voller Interesse zu klingen.

"Naja, wir machen uns definitiv in keinerlei Hinsicht Druck. Lassen alles auf uns zukommen. Ich muss sagen, sie ist eine faszinierende und auch ebenfalls sehr emanzipierte Frau, doch gerade dies gefällt mir an ihr. Ich meine, gerade du kennst mich gut genug. Schließlich treffe ich mich jetzt noch ab und an mit ihr und das heißt schon einmal, dass sie mir auf jeden Fall nicht egal ist."

"Das freut mich für dich. Aber so oft seht ihr euch nun auch nicht, oder irre ich mich da?!"

"Nein, wir sehen uns manchmal sogar eine Woche nicht. Wir sagen auch dem anderen nicht, was wir an jedem Tag genau machen oder wollen für irgendetwas Rechtfertigungen bekommen. Für meine Verhältnisse läuft es wirklich richtig rund. Ganz nach meinem Geschmack.", grinste Joey.

"Sie ist auch ganz cool drauf, so wie ich das bis jetzt mitbekommen habe und was ich weiß ist, dass sie wohl selbst nicht allzu schnell eine feste Bindung eingeht. Vielleicht verbindet euch gerade deshalb doch mehr, als ihr bisher ahnt.", mutmaßte Pete.

Kurzerhand bekam Joey eine WhatsApp, natürlich von Leila. Er laß und kniff daraufhin seine Augen fragend zusammen.

"Alles klar?", fragte Pete, der Joeys Mimik beobachtete.

"Leila fragt mich gerade, ob ich weiß wo du bist oder du dich eventuell mit Sarah treffen wolltest. Ich hätte ja gesagt das ist nun Gedankenübertragung, doch hier scheint es nicht um uns zu gehen." Joey tippte eine Nachricht in sein Handy, in der er Leila mitteilte, dass Pete bei ihm sei und er morgen mit Sarah sprechen wollte.

Binnen einer Minute kam eine Antwort zurück. Leila versuchte schon einige Male ihre Freundin zu erreichen, doch sie ginge nicht ans Telefon. Sie wusste nicht wohin Sarah gegangen sei, sondern hatte nur einen Zettel vorgefunden, auf dem stand, sie wäre mal kurz weg und Leila sollte sich keine Gedanken machen. Diese Gedanken machte sie sich jetzt jedoch und auch die Jungs schauten sich fragend an.

Um Leila etwas zu beruhigen schrieb er ihr, sie solle erst einmal abwarten und vielleicht würde Sarah schon bald wieder zu ihr nach Hause kommen. In der Zwischenzweit würde Pete zur gemeinsamen Wohnung fahren um zu sehen, ob sie nicht doch dort aufzufinden war.

Kapitel 25

Sarah´s Kopf pochte und Schwindel kam in ihr auf,
nachdem sie Tom an den Haaren gepackt hatte und
sie kurz darauf mit ihrer rechten Seite des Gesichts
auf dem Tisch aufprallte. Kaum, dass sie einen
Atemkzug hätte nehmen können, packte Tom sie von
hinten an den Schultern und schleuderte sie in die
Mitte des Raumes, wo sie unsanft auf dem Bauch
landete. Er setzte sich auf ihre Oberschenkel und zog
sie mit einer Hand an den Haaren nach oben. Sarah
war vollkommen benebelt. Tom war geradezu zu
einer tickenden Zeitbombe geworden.
"Welche Frage soll ich dir denn genau beantworten?",
fragte er und zog sie noch stärker an den Haaren nach
hinten. Sie hatte das Gefühl, ihre Halswirbelsäule
drohte zu versagen. Tom ließ alle Aggression, welche
sich heute Nachmittag im Studio aufgebaut hatte, nun
an ihr aus.
"Ach genau.", begann er und drückte all sein Gewicht
auf sie. Sarah besaß keinerlei Chance sich zu wehren
und war ebenfalls kaum in der Lage überhaupt etwas
zu sagen.
"Nein, wir hatten keinen Sex. Schade eigentlich. Ich
habe dich irgendwie überreden können, mit ins Hotel
zu kommen. Schon bei dem Versuch dich nur zu

küssen, hast du mich abgewehrt. Du sprachst ausschließlich von Pete, bis du schlussendlich irgendwann eingeschlafen bist. Ich habe mich lediglich zu dir ins Bett gelegt und nahm es als Gelegenheit zur Rache."

Wieder riss er sie nach oben und schmetterte sie nach links gegen die Wand, worauf Sarah dort abprallte und nochmals unsanft mit ihrem Kopf auf dem Bettgestell aufkam.

"Bist du jetzt zufrieden, Sarah? Sind alle Unklarheiten beseitigt?", schrie er lauthals.

Sarah keuchte nur und versuchte angestrengt wach zu bleiben.

"Hör...au...auf. Bit...te", keuchte sie.

"Ich mach doch gar nichts.", entgegnete er voller Größenwahn und außer Rand und Band. Er stapfte auf sie zu, riss sie zur Wandecke auf der anderen Seite und trat ihr mit voller Kraft mehrfach in die Magengrube. Sarah krümmte sich vor Schmerzen.

"Sicher wünscht du dir jetzt deinen Pete hierher. Doch so leid es mir tut, er wird dir nicht zur Hilfe kommen, denn ich bin mir sicher, dass er gar nicht weiß, dass du überhaupt hier bist."

Nochmals landete Sarah auf der anderen Seite des Zimmers, wobei eine der Lampen mit zu Boden fiel. Zwei weitere Male trat Tom sie in den Bauch. Fast regungslos lag Sarah nun am Boden. Tom, der sich sicher war, dass sie außer Gefecht gesetzt war, ging zu einem der Küchenschränke und nahm sich eine Plastiktüte mit Koks von dort heraus. Als wäre nichts weiter geschehen, ging er zur Couch und machte sich auf dem Wohnzimmertisch eine Line zurecht. Aus seiner Hosentasche holte er seinen Geldbeutel heraus, wobei er auch den Haustürschlüssel mit in den Händen hielt und legte beides auf die Glasplatte. Tom öffnete die Brieftasche und nahm einen 10-Euro-Schein, um diesen zusammen zu rollen. Er legte an und schniefte genüsslich das weiße Pulver erst in das rechte, dann in das linke Nasenloch. Entspannt ließ er sich zurück auf die Sofalehne sinken.

Sarah war in halben Gedanken bei Pete. Sie sah sein Gesicht vor sich. Er lächelte sie an, sagte dass er sie liebte. Das einzigste was sie wollte war, endlich wieder bei ihm zu sein. Langsam öffnete sie ihre Augen und schaute zögernd zur Couch. Ihr Schädel, ihr ganzer Körper, brannte vor Schmerz. Sie sah Toms Kopf auf der Lehne liegen und er schien beinahe zu schlafen. Ein Blick neben sie zeigte die Lampe. Die Glühbirne leuchtete nicht mehr und nachdem Sarah ihren Kopf etwas mehr nach rechts geneigt hatte, sah sie, dass diese nicht mehr an der Steckdose hing.

Sie sah darin ihre Chance und musste all ihre noch übrig gebliebene Kraft aufbringen, um es doch noch hier heraus zu schaffen. Sie wollte sich nicht ausmalen, was sonst noch hätte passieren können.

So leise sie konnte setzte sie sich auf und umgriff mit beiden Händen den Metallständer. Sich darauf abstützend, versuchte sie in einen aufrechten stand zu kommen. Fast hätte sie ihr Gleichgewicht wieder verloren. Tom zeigte keinerlei Regung und Sarah sprach sich in Gedanken Mut zu. Ohne weiter über ihr Tun nachzudenken, ging sie auf die Couch zu und schlug so fest sie konnte, einige Male auf Toms Kopf ein. Sein Blut zierte nun das Metall und er selbst kippte einfach nur zur Seite weg.

Sarah sah den Schlüssel auf dem Tisch liegen, nahm ihn und schloss die Tür mit zittrigen Händen damit auf.

Das Haus lag neben einem alten offenstehendem Lagergebäude und Sarah steuerte dieses an und ging hinein, um sich für´s erste kurz verstecken zu können. Sie griff in ihre hintere Jeanstasche um ihr Handy zu greifen, doch es war nicht da. Sie musste es im Taxi liegen gelassen haben oder aber es war nun in Toms Wohnung.

Die Knie angewinkelt und den Kopf in die Hände gelegt, füllten sich ihre Augen mit Tränen und sie ließ ihnen ihren Luaf. Sie war geschockt, hatte das Gefühl jeden Moment das Bewusstsein zu verlieren und konnte keinen klaren Gedanken fassen. Doch sie wusste, sie müsste noch etwas durchhalten.

Nach einigen Minuten, die Sarah vorkamen wie Stunden, schoss ihr plötzlich wieder der Straßenname in den Kopf. Eine Straße weiter wohnte Mike mit seiner Familie. Würde sie es nur bis dorthin schaffen, wäre sie zumindest vorerst in Sicherheit. Sarah war zwar bewusst, dass es sicher schon sehr spät gewesen war, Mike ein erst zweijähriges Kind hatte, doch sie brauchte nun dringend jemanden dem sie vertrauen konnte. Sarah zog sich mit aller Kraft, welche sie noch aufbringen konnte, an dem Betonbalken nach oben und ging langsam los.

Es fehlten nur noch wenige Meter, einige Male hatte Sarah ihren Körper nicht mehr aufrecht halten können, doch sie konnte das Haus schon sehen. Endlich dort angekommen schleifte sie sich die zwei Treppenstufen zur Haustür nach oben und klingelte. Sarah lehnte sich an die Haustür und hörte schwach, wie der kleine Maddox zu schreien begann. Die Stimmen von Mike und siner Frau Julia ertönten und das Licht wurde angeschaltet. Sarah konnte nicht genau verstehen was sie sagten, doch glaubte, dass es um diese Uhrzeit nichts positives war.

Während Julia sicher zu Maddox ging um ihn zu beruhigen, kam Mike langsamen Schrittes zur Haustür. Als er diese öffnete, fiel ihm Sarah fast in die Arme.

"Oh mein Gott. Sarah?!", rief er und griff ihr ohne zu zögern unter die Arme, um sie nicht stürzen zu lassen.

Er spürte, wie ihr Körper zitterte und der Blick auf ihr Gesicht, welches blutig und blau geschlagen aussah, ließ nichts gutes erahnen.

"Mike, bitte...Pete...wo ist er?", lallte Sarah leicht und schließlich ging all ihre Kraft verloren und sie sackte in Mike´s Armen zusammen.

"Julia, ruf sofort einen Krankenwagen!", rief er nach oben zu seiner Frau, die mit dem Kleinen auf dem Arm auf dem Treppenabsatz stand und sie zögerte keine Sekunde.

Nachdem Pete vor circa einer halben Stunde in der Wohnung angekommen war und schon einmal sicher sagen konnte, dass sie hier nicht war, ließ er sich auf das Bett sinken und versuchte etliche böse Gedanken aus seinem Kopf zu vertreiben. Seine Freundin war doch sicher nicht auf dumme Gedanken gekommen und hatte sich ein undurchdachtes Vorhaben in den Kopf gesetzt.

Er nahm sein Handy und durchsuchte sein Adressbuch nach Toms Nummer, die er in diesem Moment ausnahmsweise erhoffte zu finden. Gerade als er diese wählen wollte, kam just ein Anruf. Der Name *Mike* leuchtete auf. Es war kurz nach Mitternacht und konnte kaum etwas gutes bedeuten.

"Pete, bist du dran?", fragte Mike nervös, ohne auf eine Begrüßung von der anderen Leitung zu warten.

"Ja, das bin ich. Mike, ist alles in Ordnung?" Pete bekam es mit der Angst zu tun.

"Komm bitte sofort ins St. Hedwig Krankenhaus. Sarah wurde hierhin eingeliefert. Sie stand vorhin vor meiner Tür. Allem Anschein nach wurde sie verprügelt und ich denke du weißt wer es gewesen sein könnte."

Tom, schoss der Name in seinen Kopf.

"Ich greif mir ein Taxi und bin sofort da." Ohne auf einen weiteren Kommentar zu warten, legte er auf und ging hinaus.

Kapitel 26

Pete rannte ins Krankenhaus hinein und sah nach wenigen Minuten Mike im Gang sitzen. Er rannte auf ihn zu und blieb ruckartig vor ihm stehen.
"Wie geht es ihr? Auf welchem Zimmer liegt sie?", wollte er voller Aufregung wissen.
Mike stellte sich vor ihm auf und umarmte seinen Kumpanen vorerst kurz.
"Sie schläft derzeit. Alles was ich weiß ist, dass sie eine leichte Gehirnerschütterung und einige größere Prellungen hat. Keine inneren Blutungen, das ist laut Arzt sehr gut."
"Ich möchte zu ihr, Mike. Wo ist sie?"
"Zimmer 12a. Ich warte hier noch kurz. Es kann gut sein, dass die Polizei herkommt."
Pete nickte zustimmend und wollte in diesem Moment nur noch zu seiner Freundin.

Leise ging er in das Krankenzimmer und Sarah dort so liegen zu sehen brach ihm fast das Herz. Er gab sich die Schuld dafür, dass es so weit kommen musste. Er wusste zwar, dass Sarah es auf eigene Faust entschieden hatte, doch ihn umgaben Gewissensbisse. Warum hatten er und sie nicht einfach ein längeres und womöglich klärendes

Gespräch führen können? Stattdesssen rannte er einfach davon und meldete sich in seiner besessenen Sturheit nicht ein einziges Mal bei ihr.

Pete setzte sich auf einen Stuhl, welchen er sich an das Bett gestellt hatte und umfasste eine Hand Sarahs, welche über der Bettdecke lag.

"Es tut mir alles so leid, Sarah.", begann er flüsternd zu ihr zu sprechen. "Wie konnte ich dir nur nicht genug Glauben schenken und beharrte so sehr auf meiner Meinung. Ich hätte dir die Möglichkeit geben sollen einfach weiter darüber zu sprechen."

Seine Augen wurden glasiger und in ihm wuchs der Wunsch, Tom aufzusuchen und sich für sein Tun bei ihm zu rächen. Doch er wollte jetzt nur für seine Freundin da sein und hoffte, dass sie nun ihm vergeben würde. Er fühlte sich, als hätte er sie vollkommen im Stich gelassen.

Nach einer Weile, in der er Sarah demütig ansah und auf ihre Atmung hörte, legte er seinen Kopf auf der Matratze ab und schlief ein.

Sarahs Augen öffneten sich in Zeitlupe. Ihr Kopf schmertze, nachdem sie mit Blicken versuchte zu registrieren, wo sie sich eigentlich befand. Sie fühlte sich benommen, was sicher auch an den Medikamenten lag und war nur halb anwesend. Ein weiterer Versuch ihren Körper zu bewegen, verursachte weitere ziehende Schmerzen. Wie ein starker Muskelkater nach zu vielen Sit Ups, zerriss es ihren Bauch fast innerlich. Sarah ertastete eine Hand auf der Ihren und drehte vorsichtig ihren Kopf auf die andere Seite. Ein leichtes Lächeln zeigte sich auf ihrem Gesicht.

"Pete.", sagte sie fast lautlos zu sich selbst.

Sie zog ihre Hand langsam unter seiner hervor und legte sie auf seinen Unterarm. Leicht streichelte sie darüber. Pete erwachte sofort aus seinem viel zu leichten Schlaf und guckte zu ihr. Sie musterte sein Gesicht und als er auch ihres genau sah, erschrack er innerlich. Erst jetzt konnte er ihre rechte Gesichtshälfte genau sehen, welche sich in eindeutig zu vielen Farbtönen aufzeigte.

"Hey.", sagte er ruhig.

"Es ist nichts passiert, Pete.", hauchte Sarah und hielt einen festen Blickkontakt. Wie in Trance versuchte sie angestrengt weiter zu sprechen. Pete blickte etwas verwirrt.

"Zwischen Tom und mir...da war nichts. Er...er hat es mir gesagt. Ich war bei ihm."

"Ich weiß...", versuchte Pete zu unterbrechen. Sarah ließ sich jedoch nicht ins Wort fallen.

"Ich habe ihn gefragt, wollte klare Antworten für dich haben." Es gab eine kurze Pause, denn Sarah musste tief durchatmen.

"Es ging alles in eine falsche Richtung, doch er hat sich nur zu mir gelegt. Ich wollte nichts mit ihm machen. Ich habe nur von dir gesprochen..."

Ehe Sarah weitersprechen konnte, legte Pete behutsam seine Hand auf ihre Wange.

"Es tut mir alles so leid, Baby. Ich hätte dir nichts unterstellen dürfen." Er wirkte verzweifelt.

"Lass alles wieder gut sein, okay. Ich habe dich so vermisst.", zitterte ihre Stimmte.

"Ich liebe dich, dass musst mir glauben."

"Ich liebe dich doch auch, Schatz. Über alles." Liebevoll küsste er sie auf den Mund.

"Für immer.", fügte er daraufhin hinzu.

Pete ging auf den Flur hinaus und lief voller Wut und Verzweiflung bis an das Fenster am Ende des Ganges. Mike saß noch immer auf einem Platz auf dem Gang und beobachtete seinen Freund nur dabei, wie er vor sich hin fluchte und voller Entsetzen seine Hände gegen den Kopf schlug. Die Aggressivität machte alle der paar Anwesenden schnell auf ihn aufmerksam. Unter anderem auch einer der Nachtschwestern, die bösen Blickes zu Mike schaute, da sie wusste die beiden gehören zusammen. Mike nickte ihr nur zu, als wolle er sagen ich kümmere mich darum und rannte zu Pete, der seinen Blick aus dem Fenster richtete. Mike drehte Pete zu sich um und griff fest mit seinen Händen seine Schultern. "Beruhige dich bitte, Pete. Sonst werfen sie dich hochkant hier heraus und dann kannst du gar nicht mehr zu Sarah." Mitfühlend, doch ernst, blickte er ihn an.

"Ich weiß, tut mir leid. Doch wie zum Teufel kann er ihr so etwas antun?", schrie er fast.

"Sarah hat mit all dem doch überhaupt nichts zu tun."

"Aber nun ist es so wie es ist.", gestand er neutral.

"Du darfst jetzt nicht die Fassung verlieren. Sarah braucht dich jetzt."

Pete atmete mehrfach tief durch und versuchte sich wieder unter Kontrolle zu bekommen. Am liebsten hätte er mit aller Kraft gegen eine der Flurwände geschlagen.

"Danke, dass du sie hierher gebracht hast, Mike."

Petes Augen wurden glasig.

"Sie stand plötzlich vor unserer Haustür. Deshalb dachte ich mir, dass sie bei Tom war. Er wohnt nur wenige Straßen von uns entfernt."

"War die Polizei denn hier?", wollte Pete nun wissen.

"Nein, noch nicht. Vielleicht kommt sie morgen oder auch gar nicht. Ich kenn mich da schließlich nicht aus."

"Okay. Egal auch. Ich werde eh die ganze Nacht hierbleiben. Ich kann den Schwestern Bescheid geben."

"Gut.", gab Mike zurück. "Ich muss auch wieder nach Hause zu meiner Familie. Du kommst doch alleine zurecht?"

"Ja, danke. Könntest du wenn möglich Joey eine kurze Nachricht schreiben?", bittete er ihn.

"Klar, mach ich auf dem Weg. Wir hören uns."

"Bis dann.", sagte Pete kurz und ließ sich von Mike nochmals freundschaftlich in den Arm nehmen.

Kapitel 27

Erst nach einiger Zeit erwachte Tom wieder aus seiner Bewusstlosigkeit. Er hielt sich eine Hand an den Kopf und blickte daraufhin auf eine mit Blut bedeckte Innenfläche. Er brauchte einen Moment zum Aufsetzen und Schwindel überkam ihn. Ein kurzer Blick nach hinten über seine Schulter zeigte auf, dass Sarah nicht mehr in seiner Wohnung war. Ebenfalls seine Wohnungstür stand einen Spalt weit offen.

"Fuck!", fluchte er und hielt sich nochmals den Kopf, welcher erbarmungslos hämmerte.

Tom wusste nicht wie viel Zeit vergangen war, seitdem Sarah die Flucht ergriffen hatte.

Ob sie die Polizei informiert hatte? War diese vielleicht schon auf dem Weg zu seiner Wohnung? Fakt für ihn war, egal wie weit Sarah gekommen war, wobei er dachte weit konnte es eigentlich nicht sein, er musste schleunigst aus seinen vier Wänden verschwinden.

Er stand auf und griff sich seine auf dem Boden liegende Sporttasche. Tom packte einige Kleidungsstücke ein, doch ließ den meisten Platz für ein paar Flaschen Bier und vor allem seine letzten Vorräte an Pillen, diversem Tabak und Koks.

Er beschloss sich auf den Weg zum Bahnhof zu begeben und sich am Ticketschalter darüber zu informieren, wie weit ihn sein restliches Geld bringen würde. Ihm war klar, dass er scih an diesem Abend wieder zum Täter gemacht hatte und definitiv schon bald nach ihm gefahndet werden würde. Zumindest, wenn Sarah ihn bei der Polizei verraten hatte.

Jedoch fühlte er sich persönlich in keinster Weise schuldig. Er war scih seiner Sache weiterhin mehr als sicher. Er hatte kein Erbarmen gezeigt, fühlte keinerlei Reue beidem, was er Sarah angetan hatte. Nicht einen winzigen Hauch davon.

Tom hatte einen Plan gehabt. Er wollte anfangs Pete beide Beine brechen, doch dann kam seine Freundin ins Spiel.

Er war nicht mehr er selbst in letzter Zeit. Zu Beginn wollte er keine weitere Person verletzen, in all das mit hinein ziehen, aber in seinen Augen war Sarah selbst daran Schuld gewesen. Würde Pete sie nun so sehen, dann wä#re er ruiniert. Seine Psyche angeknackst und dies vor dem Wettkampf im Dezember. Tom hoffte inständig, dass sein ehemaliger Teamkollege mit starken Gewissensbissen zu kämpfen hatte.

Nun würde er voller Wut stecken, sich an Tom dafür rächen wollen. Nur, dass er ihn nirgendwo finden würde, denn er wäre dann nicht mehr in Berlin. Nicht noch einmal würde er in einem Betonraum sitzen, in welchem er durch Gitterstäbe fassen musste. Nein, diese Zeit sollte endgültig vorbei sein. Er musste sich eingestehen, dass er am liebsten noch weiter gemacht hätte. Er war wie besessen davon, Vergeltung an Pete zu üben.

Tom war vollkommen am Ende, doch er selbst sah es nicht ein. Er hatte alles verloren, besaß kein weiteres Geld, dachte einfach nicht weiter nach. Egal wo hin ihn der Zug fahren würde, wo sollte er hin? Er war krank und vergaß dadurch weiter zu denken.

Sarah sah Tom in einem Traum, wie er ihr zunehmenst näher kam. Er sie gegen den Tisch schleuderte, auf sie eintrat. Die für sie schrecklichen Erinnerungen an den Vorfall zeigten, dass das Beruhigungs- und die Schmerzmittel nach zu lassen schienen.

Ihr Körper drehte sich nach rechts und links, zuckte immer wieder vor Erschrecken zusammen. Mit einem Mal saß sie im Bett und riss die Augen auf. Pete kam gerade wieder in das Zimmer hinein und rannte zu ihr.

"Tom...wo ist er?", fragte sie voller Schock. "Pete...", fügte sie nervös hinzu, als sie ihn vernahm.

Er nahm ihr Gesicht in beide Hände und zwang sie somit ihn anzusehen.

"Sarah, alles ist gut. Tom ist nicht hier.", sprach er deutlich auf sie ein. "Ich bin ja da."

Sarah zitterte am ganzen Körper.

"Ich habe solche Angst." Sie versuchte sich konfus von Pete abzuwenden, doch er zog sie zurück. Sarah war vollkommen neben sich.

"Hey. Schau mich an. Ich bin hier, okay?!"

Sie begann heftig zu weinen, als hätte sie alles gerade erst richtig begriffen. Zögerlich nickte sie ihm zu und er nahm sie daraufhin kurz in die Arme.

Pete setzte sich erst auf das Bett und lehnte sich dann, Sarah vorsichtig mit nach unten ziehend, auf die Matratze. Sie legte sich auf seine Brust. Er deckte sie bis zu den Schultern mit der Decke zu, legte seinen linken Arm um ihren Oberkörper und mit seiner rechten Hand streichelte er liebevoll über ihr Haar.

"Alles ist okAy. Er kann dir nichts mehr tun."

Sarah beruhigte sich mehr und mehr. Fühlte sich sicher und geborgen in den Armen ihres Freundes.

"Versuche etwas zu schlafen.", sagte er liebevoll und gab ihr einen sanften Kuss auf die Stirn.

Kapitel 28

2 Wochen später

Vor einer Woche durfte Sarah das Krankenhaus endlich wieder verlassen. Sie war überaus froh wieder in den eigenen vier Wänden zu sein, auch wenn ihr noch etwas Schonfrist verordnet worden war. Leila kam sie so oft es ging besuchen und Pete kümmerte sich rührend um sie. Er machte sich Vorwürfe, auch wenn Sarah ihn stets darin erinnerte, dass es ihr Fehler gewesen sei, sich mit Tom abgegeben zu haben. Trotzdem war sie noch immer froh darüber gewesen, dass Tom ihr an jenem Abend, selbst wenn dieser mehr als schlecht ausgegangen war, offenbart hatte, das nichts zwischen ihnen geschehen war.

Sarah lag auf der Couch und Pete kam zu ihr und setzte sich an die Kante.

"Wäre es in Ordnung, wenn ich heute mal wieder ins Training gehe?", fragte er fast schüchtern und streichelte ihr dabei über den Arm.

"Schatz, natürlich ist das okay. Schließlich ist bald wieder ein großer Auftritt. Mir geht es gut, wirklich.", antwortete sie und legte ihre Hand an seine Wange.

"Du sollst nur wissen, dass ich für dich da bin wenn du etwas brauchen solltest. Ich kann das auch verschieben."

"Und noch einmal.", sie grinste. "Mir geht es gut. Ich bin wieder so gut wie genesen und überhaupt wollte ich selber noch etwas an die Staffelei gehen."

Pete lächelte nur.

"Bitte hör auf dir weiterhin solche Gedanken zu machen, okay?! Wichtig für mich ist, dass zwischen uns alles wieder so wie vorher ist.", bittete sie fast.

"Ja, das ist es und es wird nie wieder etwas zwischen uns stehen. Und ich werde nie wieder so ein Hornochse sein und einfach auf stur schalten, versprochen."

"Wenn du nach dem Training nicht zu abgekämpft bist, könnten wir uns ja mal wieder ein gemeinsames Bad gönnen. Wie klingt das?" Sarah richtete sich auf.

"Das klingt sehr verlockend und ich werde mich hüten, zu müde zu sein."

Sarah legte ihre Hand auf seinen Brustkorb und umfasste ihn mit der anderen hinten am Hals. Sie zog ihn zu sich und begann ihn zu küssen. Pete erwiderte dies auf der Stelle und es fühlte sich so gut an. Lange war es her, dass sie sich ihre Zuneigung so intensiv und zärtlich zeigten.

Die Türklingel ließ beide abrupt aufhören. Pete löste sich von seiner Freundin und ging zum Hörer.

"Ja, kommen sie nach oben."

Sarah richtete fragende Augen auf ihn.

"Es ist die Polizei." Pete wartete an der schon offen stehenden Tür.

Kurz darauf trat Kommissar Bröhl ein und reichte Pete zur Begrüßung die Hand.

Er bittete ihn mit einem Handzeichen in das Wohnzimmer zu gehen, worauf er auch Sarah die Hand reichte.

"Wie geht es Ihnen, Sarah?", fragte er und setzte sich neben sie. Er war auch für die Befragung nach dem Vorfall mit Tom für sie zuständig gewesen, deshalb kannte sie ihn schon.

"Wieder ganz gut, Kommissar Bröhl. Danke der Nachfrage. Wie kommen wir zu Ihrem Besuch?", wollte sie nun neugierig wissen.

"Es geht um Tom. Wir haben ihn gefunden.", begann er und schien kurz auf eine Reaktion der beiden zu warten.

"Wo ist er? Hat er gestanden?", fragte Pete neugierig.

"Ich möchte direkt sein. Sein Foto ging an mehrere Polizeiämter und er wurde vorgestern an einem Bahnhof in Leipzig gefunden. Genauer gesagt wurde er tot aufgefunden. In seinem Arm steckte noch eine

Spritze. Wir gehen davon aus, dass er an einer Überdosis Heroin gestorben ist."

Pete und Sarah blickten einander etwas fassungslos an und schauten dann wieder zum Kommissar.

"Ich muss zugeben, ich bin gerade etwas sprachlos.", gab Sarah zu.

"Menschen mit Drogenproblemen wie er sie hatte und die sich keine Hilfe suchen, enden leider oftmals so. Mir ging es lediglich darum, dass sie es beide erfahren."

Nun richtete sich Pete wieder an ihn.

"Wir danken Ihnen, dass Sie sich die Zeit genommen haben, persönlich zu uns zu kommen, Kommissar Bröhl."

"Das ist nicht der Rede wert, doch ich werde jetzt auch wieder gehen. Ihnen, Sarah, weiterhin gute Besserung." Der Kommissar stand auf und reichte daraufhin beiden die Hände, um sich zu verabschieden und ließ sich noch von Pete zur Tür begleiten.

Sarah und Pete wussten noch immer nicht so richtig, wie sie mit dieser Neuigkeit richtig umgehen sollten, da klopfte es auch schon wieder an der Tür. Pete öffnete wieder und Leila stand mit Joey davor.

Leila war natürlich gleich voller Neugierde.

"War die Polizei gerade bei euch? Er kam uns gerade entgegen."

"Kommt doch erstmal herein.", rief Sarah.

Alle vier saßen nun am Wohnzimmertisch auf der Couch und Pete erzählte von Toms Leichenfund. Sie unterhielten sich noch eine Zeit lang darüber und waren sich darin einig, dass er den Tod natürlich nicht verdiente, doch es sein eigenes Verschulden gewesen war. Er hätte sich schon so viel früher helfen lassen müssen, doch sah seine Sucht einfach nicht ein. Auch wenn sie es als sehr hart befanden, dachten sie sich, dass es so vielleicht am Ende besser für ihn war. Denn egal, wie oft er wegen Drogen oder Körperverletzung am Ende noch im Gefängnis gesessen hätte, er wäre im Leben nie wieder wirklich glücklich geworden. Er war schon zu sehr auf dieser einen Schiene, die ihn Tag für Tag, mehr und mehr kaputt gemacht hat. Das Thema sollte mit diesem Tag für alle abgeschlossen sein und das normale Leben sollte endlich weitergehen. So erschütternd die Nachricht auch war.

Bei einem Kaffee gingen die Gespräche noch etwas weiter. Leila und Joey outeten sich heute auch als Paar, was Sarah und Pete überaus freute, auch wenn es ihnen von vorne herein klar gewesen war. Doch sie taten, als wären sie überaus überrascht darüber.

"Ich möchte euch alle herzlich zur Vernisage meines Pärchens einladen. Also bitte nehmt euch am letzten Novemberwochenende nichts vor, ist das klar?"

"Aber nein, dieses Wochenende ist ganz für dich reserviert. Samstag oder Sonntag?", fragte Sarah.

"Es ist Samstagabend, ab acht Uhr. Ihr dürft natürlich schon um sieben kommen und mir noch bei ein paar Kleinigkeiten helfen.", lachte Leila.

"Ich freue mich sehr für dich, dass das alles so geklappt hat, Süße. Und auch ich brauche dich demnächst, zur Beurteilung einiger Werke."

"Wir waren also fleißig?"

"Ja und ob. Ab heute fange ich auch wieder an weiter zu machen. Ich hoffe weiterhin, dass der Platz für mich noch bei dir reserviert ist." Sarah schmunzelte.

"Wenn wir bis Mitte Dezember, ich meine, wenn du bis Mitte Dezember genug vorzuzeigen hast, dann steht dem nichts im Wege."

"Das werde ich, versprochen."

"Sehr gut. Für in zwei Wochen machen wir einen offiziellen Begutachtungstermin aus." Leila nickte auffordernd.

"Hey, sei nicht so streng mit ihr.", mischte sich Joey ein.

"Das ist die Geschäftswelt und da muss man sich manchmal an Termine halten."

"Wo sie recht hat, hat sie recht." Joey stand nun auf der Seite seiner Freundin und gab ihr einen Kuss.

"Ist abgemacht. Ich glaube so ein bisschen Druck tut auch mal gut.", lachte Sarah.

Joey richtete sich nun an die Gemeinschaft und daraufhin an seinen Kumpel.

"So und während die Mädels hoffen, die Welt der Kunst zu erobern, wollte ich dich unter anderem zum Training abholen, um zu hoffen, die perfekte Choreo für den großen Auftritt auf die Reihe zu bekommen. Mike freut sich sicher auch, dich mal wieder zu sehen."

"Ich bin dabei. Vor allem fehlt mir die Bewegung auch etwas.", witzelte Pete.

"Wir können die Damen doch alleine lassen?!", richtete er sich an Sarah und Leila.

"Ja, wir kommen auch gerne mal allein ganz gut zurecht." Sarah zwinkerte ihrem Freund zu.

Pete packte seine Trainingstasche zusammen und gab Joey auch schon ein Zeichen, dass er bereit sei. Sie gaben ihren Freundinnen einen Kuss zur Verabschiedung und gingen davon.

Sarah und Leila ließen sich daraufhin auf der Couch nach hinten sinken und mussten beide lächeln.

"Ist doch eigentlich ganz gut so wie es ist, oder? Besser kann es nicht sein.", gab Leila zu.

Sarah schaute zu ihrer Freundin, schweifte mit einem kurzem Blick durch ihre Wohnung und schaute aus dem Fenster und über die Dächer von Berlin.

"Ja, da hast du vollkommen recht. Besser kann es nicht sein.", stimmte sie ihr zu.

"Ein Leben zwischen Liebe und Hoffnung.", sagte sie leise zu sich selbst und war einfach nur glücklich.

Herstellung und Verlag:
BoD - Books on Demand, Norderstedt
ISBN 978-3-7448-8259-0